KB218296

세상의 속내가
적요함을 보았다면

시산작가회 2024년도 작품집

바른북스

겨울 초입, 올해 『시산작가회』 회원의 글 농사를 마무리합니다.

돌아보면 늘 부족합니다. 아쉽습니다. 그러면서 다음에는 좀 더 잘해보자고 다짐도 합니다. 이는 살아있다는 증표입니다. 이렇게 한 해를 살면서 만난 느낌과 단상을 알뜰살뜰 다듬고 엮었으니 이 또한 살아있어 얻은 보람입니다. 나름대로 잘 살아낸 자취입니다.

숨탄것들이 몸속에 비축했던 양분으로 겨울 넘듯 『시산작가회』 보람을 들추어보면서 마음 뻐근했으면 좋겠습니다. 그 힘으로 다가올 새로운 한 해도 아낌없이 누리면서 건강 더불어 더욱 행복한 나날 이루었으면 좋겠습니다. 그 속에서 올해보다 더 깊은 숙성과 발효 얻기를 기원하면서, 퓰리처(Joseph Pulitzer)한테 맞은 일침(一針)을 곱씹으면서 올해 인사를 맺습니다.

"짧게 써라, 읽을 것이다. 쉽게 써라, 이해할 것이다. 그림같이 써라, 기억할 것이다. 무엇보다 정직하게 써라, 독자를 올바른 길로 인도할 것이다."

시산작가회 회장 정진용

차례

수필

소설

차영민 · 318

바람의 경계에서

시

경정 jjdjj1112@naver.com

할머니와 손수레
하늘을 날으는 잠수함
한산도 앞바다에서

할머니와 손수레

비실거리는 가로등 빛 짧어지고
천 근보다 무거운 눈꺼풀 잡아당기며
걷는 할머니의 지친 발자국 뒤에는
늙은 목숨 녹아내린 손수레 위에는
폐지만 가득하고 어둠이 덮여 있다
월세방 남겨 놓고
땅 팔고 집 팔아서 이민 간 외자식 놈이
정리되는 대로 모시러 온다는 기간이 어언 십여 년
기다림이 무거워 벗어던진
지워버린 자식보다
더 그리운 것은 콩 팔러 간 할아버지
저승에 먼저 가서
자리 잡아 놓을 테니
좋은 세상 오래 살다가 오라고
당부하던 모습이 두뇌에 박혀
눈물로 짓무른 눈가에도
모진 목숨 끊어지지 않아
한숨 가득한 손수레 위에
찢긴 폐지 한 리어카가 생명줄 연장하는
라면 한 봉지 값

월세방 찾아가는 할머니 발뒤꿈치에
기다란 그림자가
너무 매달려 힘에 겹게 걷는다
지친 발길 쉴 곳 어디메인가.

하늘을 날으는 잠수함

물밑 작업을 했어
비밀이 새어 나가면 큰일 나지
입을 틀어막아야 해
귀도 막아 놓고
잠수함을 하늘에 띄워야지
하늘에서 내려다보면서
마녀사냥을 하는 재미도 있어
허연 이빨과 뻘건 혓바닥 날름거리며
민초의 심장에 빨대를 꽂고
죽지 않을 만큼 빨아먹는 거야
민주화 역행한 선구자니까
오백 번도 더 육두문자를 들었지
씨이입팔
그럼 어때
표현하는 순간 박살 내는 거야
우리는 하늘을 날으는 잠수함에 타고 있거든
잡초 같은 민초 새끼들
오~씹팔이라고 육두문자 하는 족속들만 조준 사격하라고
언론의 자유는
똥통 속에서 썩어가는

쥐새끼의 뱃속 구더기에게 찾아
언어의 자유는
하늘을 날으는
잠수함에 승선한 자만의 것이야.
또 하루에 오백 번도 더 구역질을 한다
씨이입팔알.
대명천지
대한민국이 죽었지.

한산도 앞바다에서

충무 앞바다에 앉아
심연 깊이 솟아 나오는 파도의 소리
영웅이 남긴 역사가
가슴속에 파고드네

인간아 인간들아
저주받은 좌빨들아
바다가 깊은들
너희들 권모술수만 하겠느냐

아사로 죽어가는 북조선 인민들의 죽음이
지상천국이라고
주둥이만 벌리면 거짓말하는
너희들의 골통 속은 무엇이 들어있는가

고립된 주체사상 속에
삼백만이 아사한 고난의 행군보다
더 심하다는 요즘에
탈북민들의 외침이 들리지 않는가

공현혜 ktkh8@naver.com

귀뚜라미

폭풍의 언덕

수련

여행

새우잠

귀뚜라미

가을 손님이 왔다

약속 없이 온 손님은
시끄러운 법

뒤척이는 밤이 길어
낮이 짧다

가을이 급히 간다고
겨울이 온다는 잔소리

백발이 늘수록 짧은 계절
봄 기다리는 이유가 줄고 있다.

폭풍의 언덕

심규선 노래
폭풍의 언덕을 듣는다
사랑,
함부로 하는 게 아니다

히스클리프와 캐시
마지막 목소리
'당신을 기다릴게'
'그녀는 이제 내 것이다.'

폭풍 치는 날이면
사랑하는 영혼 없어
살아도 죽은 사람이 보인다

사랑은 그런 것이다
마지막 호흡으로
흐르는 눈물 같은 것이다
온전히 영혼을 맡기는 것이다.

수련

모네 수련/ 60X45CM/ 캔버스
프레임 고급 삼나무 37,000원
클로드 모네 수련/ 캔버스
100X100CM 대형 109,000원
예술 작품으로 소장 가치 있음에
오늘 출발을 꼬리에 달고 있는 그림들

다행이다,
층고 낮은 집이어서 고맙다
살다 보면
보이는 것과 생각이 하나 되는 날 있다
빨간 고무통에 핀 마당의 수련 한 송이
200X200CM보다 자리가 넓고
먼 이국의 하늘과 전설의 구름을 펼쳤다
이런 날이 매번 오늘이라 믿게 되는 날 있다.

여행

역에 가면
이제는 없는 개찰구가 보인다
백화라도 배웅하는 듯

소나기 내리면
어느 징검다리에 가서
앉아 있고 싶다 소녀처럼,

산티아고나 원청이 아닌
봉평이 사랑스러운 이유는
아직 설레고 싶기 때문이다
종점이 아닌
출발이 그립기 때문이다

그렇게
여행 가방을 싸고 또 싸지만
떠나지 못했다
언젠가 언젠가는 언제인가는 하며……

새우잠

생각해 보면
통곡 소리 넘치는 세상

아침이면 새가 우는 집
밤이면 길고양이가 운다

계절마다 찾아와 우는 것
개구리 여치 귀뚜라미 뒤로

겨울밤
냉골에서 어린 아버지 울었다

억새보다 쉰 목소리
까마귀보다 멀리 가는 울음으로

엄마 찾아 울던 아버지는
팔순 넘어도 새우잠 자며 움찔한다.

김도현 dkv33@naver.com

그녀들을 사랑했네
to UN, from
맑은 날의 비
펄럭이는 깃발
오, 수정

그녀들을 사랑했네

1

비틀대는 게 바람 때문이랴
가로등이 켜지는 시각 부나비 떼에
생겨난 즐비한 골목의 꽃은 꿈꾼다
남쪽 바람에 유독 비 오는 날
궂은 날에도 별은 숨 쉴까
한 가닥 빛으로 살아 있을까

자진마치 나비 떼에
꽃들이 꺾이어 피었다

2

낮과 밤을 바꿔 불빛에 살며
산천의 어린 날은 산뜻했다
밝은 땅에서 숨어 사는 나방이도
저녁이면 빛을 그리며 찾는다

태어나며 미리 익힌 울음은
달맞이꽃 소원을 벗해,
캄캄한 날들을 견뎌야지요
달무리에 싸여 새벽을 지새우는
꽃다운 이들이 골목을 서성인다

3

고만고만한 소녀들 돈벌이 나와
차멀미 견디며 고갯마루 넘다
타관 땅에 쉰 발목을 동여매니
도심가는 밤마다 꽃밭인가,
소슬한 방
방문객들 틈틈이 모여들어
알코올에 취해 버리고 간
어두움의 꽃

4

노래 부르네
빈 잔을 채워야 외롭지 않을 가슴
손님을 기다려 조각난 마음들을 어루만져
안기는 그녀는 사랑이니까
위안의 꽃이니까
노랗게 피어 노래 부르네

5

백합 이슬로 살리, 다짐한
아침과는 세상이 낯설어
때 묻은 하루를 피었다
하루살이꽃으로 지는 몸
화폐의 성(性) 멍에를 버려
거듭나야 해

밤의 난간에서

낮 꿈을 건지다 쓰러지는 착하디착한 순이들

6

세속의 인연이다 지나치면
즐겁고 무사하리 그러나
자꾸만 돌아보며 걷는 이여
주는 눈길에 흐린 희망을 읽는다
심약한 용사여,
의로움은 곱절의 힘이 들고
햇살 반짝이는 청정의 눈물은
부조리에 뿌려지는 소금기 몇 방울,
거두어다오 잠깐의 진실이거든
화병에 꽂히다 버려질 장미

그녀들은 기억에서 잊은 지 오래란다

7

그대들이 어둠을 깨칠 때라야
한결 세상은 밝아 옵니다
마주하여 밤을 지새웠다
동반자라 우기지는 않겠지요

기다리겠습니다.

암암리 마음을 밝을녘에 심는다
등을 토닥여 우리를 울리는 날
아픈 손 정한 물에 씻어 흔들며
고향 역 한달음에 가련만
밤꽃향이 날아든다
어둡다, 등을 켠 누이를 시침 떼며
날 새워 위로 삼는 우리
절정을 위한, 다디단 죄의
거리에서 꽃들이 바람에 젖는다

8

그보다 물들지 않으면 외롭다
저것 봐 네온이 윙크하잖아
막차를 보내는 익명의 성 아들,
적색 가게에는 인형이 많기도 하여
집 밖 어둠살이에 들었나
달이 기울고 마을은 술렁인다
세태 개천의 폐수들이
검은 구름이었다, 사과밭에 내리고
아가위나무들이 버려지고 있다

9

환락의 경험치가 도를 넘어
세상은 위험한 아홉수를 나는데,
여덟 편의 실상황을 뒤로하고
당신 씨앗들을 꽃으로 가꾸며
다리 펴고 어른들은 잠드니

고운 사랑으로 우리 이웃들
뿌리내릴 햇살의 땅은 어디 있는가
아침 해는 새로이 뜨긴 뜨는가

지나온 길손, 안갯속에서
통령에게 숲의 길을 심히 여쭤요

to UN, from

— 회의는 그만, 실행하세요

하늘과 땅 바다를 살피며
전방을 주시하는 우리는
형제와 부모 나라를 위하자
직업을 가진 무직자

이유 불문 1초를 긴장하며
광고 않는 사태를 예방하면서
해빙의 결재권 없이
금싸라기 시간을 날리고 섰다

좌우 이념의 진영 아래
허리를 벨트로 조이고
생사의 방아쇠를 만지작거리며
산천을 밤낮없이 지키고 있다

경계의 철망을 거둬낸다면
병영에 갇힌 청춘은 없을 텐데!
공존의 통일 세계를 희망하며
눈 뜨고 넋 앗긴 초소 25시

맑은 날의 비

권태로워진 어른들이
철든 아들딸을 심부름 내몰고
핑크빛 세계 속으로 파고든다

호기심들 커튼 사이로 키득거리고
우연히 단칸방 맞벌이 부부는
유아 안고서 자기를 잊어

몸가짐 가르쳐
세상에 내보내는, 아이들에게
오대양 육대주를 돌아봐

지구의를, 밀실에서 전할 수 없으이
옷 젖는 클라이맥스
여우비 그치고 방 안 환해지다

펄럭이는 깃발

철탑을 숭배하는 자본의
뜰 받침대에는, 툰드라 혹한이
칼바람 토막나무 불쏘시개로 덥히며
망치질하는 현장의 아린 손이 있다

겨울은 기약의 계절입니다 —
소파 흰 셔츠 남자의 후렴구에
이중창에 성에꽃

— 봄이 멀지 않다고

오, 수정

도회에서 누리는 부귀
빼어난 자태의 장신구
부러울 리야

별빛 머금은
산(山) 소년의 초롱한 눈망울
품은, 기둥의 결정입니다

하늘을 받든,
땅에서 움터 시들지 않는
오아시스 솟는 평화

김지영 Kjy57222@naver.com

포구에 서다

항구에 어선들이 풍기는 비린내
그녀의 이마 위에 반짝이는 푸른 눈
낙지의 가는 다리가 찰지게 감기는데

서산에 붉은 해가 끌고 가는 하룻길
나직이 토해놓은 해풍으로 잦아들고
바다의 은빛 치맛자락 소문들을 덮는다

갈매기 고요하게 바다 위를 날으네
손수레에 끌려가는 소금기 머금은 생
오징어 데리고 온 파도 집어등을 흔들어

우체국

낮잠 깬 가을이 안부 편지 다시 쓴다
고양이 남긴 행간 잔기침 터지는데
사거리 문구점으로
밀려가는 아이들

푸르른 햇살이 사선으로 떨어지네!
우체국 창가를 한 눈뜨고 내다보는
나무들 붉은 단풍으로
우표를 붙이는데

나의 파랑

자전거 안장 위에 찍혀있는 지문들
색으로 기록되는 오후의 열여섯 시
건널목 파랑 줄무늬
세며 걷는 훈풍에

천변의 장미가 활활 피어 고운데
참새떼 가족들 자갈길로 날아가
그 사람 몰고 온 바람
파랑 물이 들었네

문

나비가 거미줄에 걸려서 대롱거려
거미가 배 채우고 입술을 문지른다
한 생을
먹어치운 그가
문을 열고 나온다

그 사람

세상에 온전한 것 찾을 수 없었지만
내 사랑 되고 나서 뼈마디 으스러져
평생을 순종으로만 살아왔던 그 사람

비 오면 먼저 젖고 눈 한번 깜박이고
뜨거운 불길 속에 화상 입어 상했어도
언제나 한결같아서 강물 같은 그 사람

어둠을 버려내고 고요히 기다리고
세월을 건너오듯 그렇게 왔다가는
날마다 비단 피륙 펼쳐 봄볕이라 그 사람

박동철 parkjt33@naver.com

저녁 무렵
봄에
겨울, 저녁 바닷가
눈을 기다리며
잠들지 못하는 생각

저녁 무렵

감나무 가지 사이로 번진 노을을 본다
감잎의 선홍빛 얼굴도 참 이쁘다.
야윈 나뭇가지를 붙들고 있던
이파리가 파르르 떨린다
여름, 더운 공기가 머물던 자리에는
이제 서늘한 바람이 놀고 있다
저녁노을처럼 불긋하게
숙성된 계절의 얼굴색 깊어지고
찌르레기 소리 슬프다
푸르게 살던 시간들 다 어디 갔는지
저무는 들녘에
찬 바람 속 깊이 머금은 나뭇잎
어둠 속으로 사라지려는
지난날을 간댕간댕 붙들고 있다
시간은 점점 야위어 가고
모든 것 지워져야 마무리되는
황홀한 절정의 쾌락
몸에서 떨어지는 저 혼령의 흔적들
떠나는 계절의 애절한 마음에
차갑게 빛나는 별빛

젖어 드는 하늘을 지나는 바람이 되어
먹먹한 가슴안으로 스며드는
아쉬움 머금고
흩어지는 운명 헤아려보자고

봄에

따스한 바람이
겨울의 깊은 잠을 깨우고 있다
숲도 따신 바람을 껴안고서
게슴츠레 눈을 비빈다

그동안 발을 헛디디며 자주 넘어졌었다
곁을 맴돌던 차고 매서운 시간은
칼끝처럼 몸을 후벼댔다

멀리 있던 봄은 오지 않을 줄 알았다

노인들만 옹기종기 모여 사는
반송동 좁은 골목의 집들
그 위로 걸터앉은 어둠은 너무 두꺼워
쉽게 벗겨질 거 같지 않았다

내다 버린 지난날의 춤사위와
시린 날을 덮고 있던 각질을 벗겨내고
따뜻한 햇살을 옮겨 심어 놓고
봄을 보고 싶었다

죽었던 나뭇가지마다
돋는 순한 눈망울 보고 싶었다

발이 욱신거렸다
봄이라고 모두 호들갑인데
나는 걸을 수 없을 만큼 절뚝였다

갈 곳 모르던 이 마음을
햇살 따스한 곳에 누이고 싶었다

우듬지가 근질거린다며
거친 각질을 벗겨내는 나무의 순한 몸짓들
지금 세상은 저토록 화안한데

겨울, 저녁 바닷가

바람 부는 저 바다는
삼신할미가 위대한 생을 만든 곳

미약한 생의 존재가
날마다 신선한 바람을 맞이하던 곳이다

오늘도 어둠의 꼬리를 물고
별들이 어두운 하늘에서 눈을 반짝인다

하나둘 검은 창가도 별처럼 불을 밝혔다

철썩이다 사랑을 놓친 파도처럼
사람들이 떠나간 쓸쓸한 바닷가에서
푸른 날의 흔적들은 어디로 사라졌었을까

밤하늘 빛나는 별빛을 가로질러
이 세상에서 저세상으로 날아가는 철새들

한겨울 반짝이는 별빛 아래
파도 소리만 애처롭다

언제쯤 저 바다 깊숙이 몸 누일 수 있으려나
하얗게 일어섰다 부서지는 파도 위에
달은 저렇게 누워 편안한데

그 속에서 사라져버린 내 것들이
환청처럼 소란하다

눈을 기다리며

꿈속에서 눈을 보았어요
겨울은 흘러가는 구름까지 모두
얼려버릴 기세여요
눈이 오는 날은 사랑도 따라서 올 것만 같아
나는 역전 시계탑처럼 우뚝 서서
임을 기다릴 겁니다
임을 기다리는 일은 무척 즐겁습니다
쏟아지는 눈송이 사이로 사랑을 흥얼거리던
지나온 시간이 울컥 그리워지네요
하얗게 눈 덮인 세상에 서서
임을 기다리고 있으면
반짝이는 고드름이 생각납니다
쭈뼛쭈뼛한 가슴을 얼마나 얼려야
저렇게 영롱하게 빛나는 고드름이 되는지
이 겨울, 내가 사는 숲으로
임이시여, 그대
내게 올 때는 하얀 눈처럼 오세요
하얀 눈길을 그대와 하염없이 걷고 싶어
저 깊고 무거운 어둠 속에서
눈 내리는 날은

샤방샤방 눈처럼 올 당신을
기다리고 있을 겁니다

고드름이 될 겁니다

잠들지 못하는 생각

철길 너머로
당신이 떠나간 뒤에
옷과 이불을 모두 빨아 널었는데도
당신 냄새는 그대로 남아있다
사는 게 별게 있을까마는
아무것도 먹지 않고 또, 잠자지 않아도
하루하루 별문제 없다 생각했던
지난날이 눅눅하다
추억은 언제나
베개를 축축하게 만들었고
생각은 가을처럼 누렇게 탈색되었다
허공에 기대고 자주 잠을 잤다.
꿈속에서 나는
여전히 아픈 다리를 절뚝였다.
생각이 허공처럼 둥글게 휘어졌다
이보다 더 정교한 스릴이 있을까 싶었다
마음은 언제나 슬픔 쪽으로 일방통행
나는 자주 눈물처럼 축축했다
어둠 속으로 사라졌던
그리운 것들이 와락 밀려왔다

또각또각 긴 철길 소리를 밟고 오던 임아
추억만 남겨두고 어디로 갔을까
소실점으로 치닫는 긴 선로 저 끝에
아득하게 꿈틀거리는 것들
오, 아픈 것들과
아름답게 남아있는 것들

박화자 phj8713@hanmail.net

화단

안개

불시착

문경석탄박물관

화단

지난가을 아파트 화단 정리 때
27년째 같이 살아온 배롱나무가
뿌리째 뽑히더니 쓰레기소각장으로 갔습니다

초등학교 단짝 동창의
부고를 받은 날처럼 가슴 한구석에
찬바람이 일어났습니다

사막처럼 휑하던 화단
어둠 속에서 약속이나 한 듯
빨강색 한 줄 노란색 한 줄 흰색 한 줄,
일렬종대로 튤립이 꽃대를 밀어 올립니다

겨울 동안 튤립 뿌리는
시끌벅적하게 몇 번의 토론을 하고
몇 번의 반상회를 거쳐 투표를 하고
같은 색 꽃끼리 집성촌을 이루고
가로등처럼 환하게 밝힙니다

이사 온 튤립 뿌리 뽑히는 일 없이

오래오래 불 밝히며 같은 주민으로

살았으면 좋겠습니다

안개

이른 아침 안개가 입을 벌리고
월방산을 흔적 없이 삼키고
봉서사를 삼키고 산 밑 우사 몇 곳의
소 몇백 마리를 삼키고 도로와 자동차를 삼키고
영강다리와 강물을 벌컥벌컥 들이켜고
아파트 옆 빌라까지 꿀꺽
집 현관까지 쳐들어올 기세로
빠르게 먹어치웁니다

제 세상인 듯 배를 두드리며 뒹굴던 안개
봉서사 종소리에 놀라
뒷걸음질 치며 빌라를 토해놓고
강물과 다리를 제자리에 내려두고
소에게 여물을 주고
월방산 뒤로 슬그머니 도망칩니다

불시착

골목 중간 할머니들 놀이터
들마루 틈새에 노오란 민들레
한 송이 피었습니다

바람이 찬 탓인지
초점 없는 눈빛으로
들마루 끝에 걸터앉은 할머니
민들레 한 송이
피워 올립니다

수많은 유혹을 뿌리치고
들마루 틈새에 불시착한 민들레
내 뿌리는 어디에서 왔을까
아지랑이처럼 일렁이는 기억을 붙잡고
민들레와 할머니는 지난 내력을
하루 종일 뒤적여 봅니다

문경석탄박물관

식구들을 어깨에 지고
검은 막장에서 꿈을 캐던 탄광
이제는 울긋불긋 웃음꽃을 캐는
추억의 창고가 되었습니다

검은 진주 위에 들어선 석탄박물관
병에 든 여러 색깔의 드롭프스 알사탕을
꺼내 먹듯 그때 추억을 하나둘씩 꺼내
맛을 봅니다

광부의 앨범을 보며
저마다의 해설로 웃음을 캐고
아픔을 캐고 눈물을 캐고 그리움을 캐고
기억에 저장된 추억의 앨범을 한 장 넘기며
그때가 좋았다고 눈물 한 방울 툭
훔치는 이도 있습니다

그때 꿈을 캐던 막장을
밑천으로 많은 사람들이
파랑새를 찾고 광부의 앨범을 펼쳐보며

여러 색깔의 드롭프스 사탕처럼
오늘도 다양한 색깔과 다양한 맛을
기억하는 추억의 창고에는
사람들이 모여듭니다

서청학 seocheonghak@hanmail.net

청산의 숲속 다람쥐

나비의 꿈

월산리에서 1

월산리에서 2

촉석루(矗石樓)

청산의 숲속 다람쥐

숲 등산길

늘

다람쥐들

뛰고 놀고

뭐가 그리 바쁜지

내 앞에

매번 매양

손을 비비는 모습

자연의 선물

자연의 보배

가만히 가만히

가던 길

멈추며

다람쥐들의

노는 모습이

앙증맞고 귀여워라.

나비의 꿈

움츠렸던 어깨를 펴고서
금수강산 아름다움의
천지
온 누리를 누빈다
따스한 햇살
날갯짓은
발그레진 봄의
꽃봉오리 터뜨려
나비는
한 마리 애벌레
우화의 눈을 뜨는
긴 꿈의 체온을 다스린다.

월산리에서 1

우주는
홀로 깨어있고
청춘의 혈기는
술 한잔에
빙글빙글 돈다

저편 어디엔가
따스한
달빛 비추임에
들풀 뿌리들이
도란도란
숨쉬며 살겠지

아가와 엄마의
까르륵 —
하하호호 —
넘치는 웃음에
유리창으로
방 안을 살며시

들여다보는

하이얀 눈들

빵긋빵긋이

따라 웃고

소복이 소복이 쌓이더라.

월산리에서 2

— 추억 하나 꿈꾸며 주워 든 세월

먼 하늘가
우주는 우루 웅
깨어있고
눈꼽 낀 어느 시인의
헐벗은 빈 마음

한쪽 귀퉁이
쐬주 한 순배에
시간이 빙글빙글 돈다
저편 어딘가에
따스한
달빛 비추임에

들풀 뿌리들이
도란도란
숨쉬며 살겠지
아가와 엄마의
하하호호 까르르르
넘치는 웃음에

유리창 너머로

방 안을 살며시

들여다보는

따사로운 햇살 비춤

즐거움에

빵긋이 따라 웃고

또 웃더라.

촉석루(矗石樓)

— 논개(論介)

옛날에 쓴 기막힌 공간에
새하얀 님의 넋은
불그로운 정열에 불살라
그 정애는 님의 숨결로
흐르는 여울목에 휘감고

세월의 심연은 흐르는 애환에
상념은 깊이 실뿌리를 내려
긴 — 풍설에 휘감기는
애절한 님의 고통 가슴 쓰라리움
파아란 심상으로 살아

단심으로 푸른 물결에 던진
영기로운 님의 미소
손 흔들어 뜨끔이 다가오듯
영롱한 혼은 사루어도 끝없는
여수보다 더 진한 내음.

성정희 gogoiyo@naver.com

여름 숲

꿈속에서도

키위

십일월의 저녁

밥심

여름 숲

사분사분 무엇을 말해도 끄덕끄덕
큰 나무 작은 나무 굽어진 나무
바닥에 엎드린 말라깽이 작은 풀도
꽃을 피우게 하는

벌거숭이로 기어서 가면
다시 읽고 싶은 수필처럼
숲의 문장에서 느낌표를 읽고

컬컬한 바람 소리
간지러운 속삭임도
그냥 반기는 몸짓으로
걸음이 날개가 되어 구름이 된 듯

그늘이 있는 곳에서 빛을 보면
오염되지 않은 햇살 같은 마음
누구라도 다정하게 손잡게 한다

꿈속에서도

바닷가 해변을 손잡고 찰랑찰랑
방울토마토 같은 기차가 달린다.
객실에 가득 찬 여자들
창밖을 보고 있느라 누가 들어오는지
고개도 돌리지 않는다
아침 조깅처럼 달리다가
이국 같은 해변 역에 멈추고
하얀 조약돌에 풍차 모양 기둥들
사진을 찍느라 조잘조잘 잔잔한 파도 소리
모두가 가을 하늘같이 푸르다
다시 기차는 움직이기 시작하고
끝도 없이 펼쳐진 초록 카펫
창밖은 온통 배추밭
한쪽은 녹차보다 푸른 파밭이다
김포족 저녁 뉴스를 듣고
이불속에서 떠난 주부의 여행

키위

무엇으로 그대의 눈에 썸을 탈까
고려산 봄빛 같은 색도 아니고
과수원 가을빛도 아닌
피부도 누리끼리 거친 삼베처럼

중심을 본다는 전능하신 분
말씀을 가슴 깊이 새기고
씨앗까지도 부드럽고 온유하게

잠잠히 기다리면
새콤하고 달콤하고
굳은 변비도 말랑하게 만드는
그대 품고 잠드는 속살이여

십일월의 저녁

흔들리는 것은 식탁이다

뚝배기에 식어가는 온기처럼
사그라지는 석양에

툭 하고
떨어지는 허무의 시간

기다리는 자 오지 않음이
차려진 식탁 허전함이

캐츠비 같은 헛된 사랑
거실을 맴돈다

밥심

시골에서 얻어온 호박
한쪽은 푸르스레 한쪽은 누르스레
환절기 옷차림이다
혼자 살겠다는 아들, 딸
겉모습만 보지 말고
어우러지는 맛 만들어 보라고
큰 그릇에 못난이 재료 듬뿍 넣어 끓이니
자꾸 손이 가는 맛이다
둥그렇게 둘러앉아
부딪히는 웃음소리가 커지고
야구 선수 허벅지 같은 힘은
혼자서는 어림도 없다

송영신 rienbe@naver.com

꽃, 그것들
누군가 품고 사는 일
삶의 어디쯤 기억
비와 동행하는 기억
오래오래 마음을 부비는

꽃, 그것들

어느 바람이 남겨둔 부스러기 한끝이
맨살의 꽃잎을 긁어
피멍울 번지듯 꽃대가 흔들리는 날
흔하디흔한 그런 이름을 가진 연민 같은 들꽃을 보면
다하지 못한 몇 마디 말 서성이고
어쩌다 겨우 꽃

아마 바람이 방생해 놓은 착오였을지 몰라
실상 우는 날이 많았을지 모를 소망이
은밀한 연결로 이어져
조막만 한 낭만이 있는 것처럼
어질어질해서 온전히 예뻐 보이는
기꺼운 그것들

허구한 많은 지상의 사연 중에
행여 꽃이 꽃일 뿐이어서
꽃으로나 피어나 안쓰럽게 흔들리는 목숨
스스로 자신을 돕는다고 피어난 일이
곧 위중해지고 말
겨우 꽃이라니

꽃이 꽃잎처럼 지는 사랑에라도 빗대어지면

눈물짓는 사랑에 미안하지만

꽃을 보고 돌아설 때 모든 마음이 그렇듯

더 늦기 전에

너는 참 아름답다 고백하는

한 줄 시라도 써줄 수 있으면 좋을 텐데

누군가 품고 사는 일

아슴푸레 흐르듯 스치는 소식만으로도
살아가는 내내 영영 끊어짐은 없을 그런
두고두고 떠오르는 것만으로도
때론 저 어디서부터인가 이어져 와준 것만 같은
다가서지 못해도 심장이 뛰는 사람이 그리운 세월

가슴 깊은 곳에 조약돌 하나 박힌 듯 들어앉아
내내 속으로만 품은 따스한 원(願)으로
보이지 않아도 늘 곁에 있는 듯 홀로 감미로운
마음 쓰일 곳 없단 대도 언제고 이처럼 남아있을
가슴 두근대는 그런 과한 망설임 하나

나란히 앉아 같은 곳을 바라본다 해도
실상 함께 걸어지지는 않을 거리 때문에
「안 되겠지, 그럴밖에, 그쯤의 그러한」
그리움에 값할 만남이 없으니 이별할 슬픔도 없어
그 누구도 헤아려 알지 못할 빈 가슴앓이

밀려오는 바람도 툭 떨어져 가는 벼랑 같은 날들에
찬 이슬 같은 외로움을 과분한 감당으로 씻어가면서

그저 연한 물빛처럼 누군가를 품고 사는 일
이 그리움 너머 강 건너를 바라보는 것 같은 그리움은
마주하는 함께보다 더 맑을 수도 있지 않을까

한 생애를 살아낸다는 게 진정 피로해 고단하다지만
생명은 외로움에게까지도 그 몫을 다하는 것이라니
그러므로 바라옴을 보아주는 이 없어도
마지막 돌아가는 길까지 아쉬움 없는 그리움으로
아직은 더 이렇게 꿈꾸듯 살아내야만 할 것 같아서

삶의 어디쯤 기억

손톱만 한 기억 한 조각도
함부로 내버려둬서는 안 될 일이었다
잊자 했으니 잊었어야 했는데
마음 버리는 법을 몰랐고
어쩌자고
다른 마음 받아내는 길은 익히지 못해서

많은 것이 지나가고 난 다음에도
아카시아 흰 꽃 같은 순정에
솔직한 관능이 더 뜨거워 안쓰러웠던 기억은
마치 운명이 만들어 놓은 고향처럼
한 생애 지워지지 않을 그을음으로 남아

사랑의 소멸을 스스로 선택해야 했던 어디쯤 기억은
한 오리 물결에 잔모래 쓸리는 것처럼 긁어대
결여의 아픔을 지닌 습한 몸살로 찾아오고
기진해버린 생애가 석양의 물빛처럼 번져가
그만 맥을 놓아버릴 것 같은 즈음
시간의 무늬만 아득한 언저리로 남아
적막하게 쓸쓸한 음영으로만 자욱한 그대

쓸쓸히 웃음 짓는 시름으로
눈시울은 젖은 채 아직은 눈물겹게 살아있는데
세상은 또 인생은 차마 드러낼 수 없다 해서
꿈에서 본 적 같은
단지 몇 개의 풍경만을 목쉰 인연으로 남겨둔 채
어쩌라고 얼마나 많은 기억을 숨겨두고 있는 것인지

아아, 기억은 없어도 좋았습니다
하지만 보다 더 바라는 건
모두 다 눈물겹게 아름다웠다는 기억이고 싶습니다

비와 동행하는 기억

뿌연 유리창 너머 풍경처럼 흐리게
수평으로 누운 잿빛 하늘을 배경으로 두고
내일도 올까 다시 또 오겠지
깊이 잠겨있는 침묵으로의 잊음 틈새로 빗물이 흘러내려
다시 태어나듯 일어서는 기억

왜 빗소리는 아득한 기억을 헤집어
사람이 만들어놓은 경계인 기억의 창(窓)을 넘나드는가
하여 어째,
가슴 서늘히 빗소리가 외로운 밀도를 단막 단막 들춰내
이미 그곳에 없는 지나온 여정의 한 공간을
마치 지금 꼭 그때처럼 맴돌며
고독의 봉인이 풀려버린 듯 마지막처럼 보고 싶은 기찬 바라옴

차마 누구에게도 입도 벙긋 못한 이야기
이따금 펑펑 울부짖는 통곡이라도 무방했을 텐데
버려진 듯 홀로 가슴을 싸안고 숱한 날
어두운 밤 그늘 적막한 전율은 또 오죽하긴 했을까마는
핏방울 솟는 아픔은 지워져야 할 것을
어쩔 수 없었다고

여위어가는 마른 풀잎이 속울음을 삼키다 내뱉는 그때
한 사람이 귀 기울인 바람에 날리는 빗소리로 하여
과하게 그립기도 하고 설움이기도 한
가슴 외줄기 목마르던 사람

아! 아득히 먼 나라 별빛 같은 그대는 도대체 어찌 견딘다니
마치 탯줄같이 한 생애를 휘휘 감고 있는 그 기억을
보이지 않는 밑바닥까지 후비는 바람 섞인 빗소리의 떨림을
저리 몰아치는 올올이 그 하나하나 날 선 두드림을

오래오래 마음을 부비는

바람 소리를 듣는 사소한 것들에서부터 증식을 거듭하던 몇 가지 빛깔이 어우러져 점차 아무것도 기억할 필요가 없다는 듯 필요한 하나의 풍경만을 테마로 세워놓은 채 모습이 없는 모습으로 점점 더 무표정해져 가는 공간. 마치 훗날 내게도 필히 다가올 그 어느 날이 오늘인 것처럼 소리 없이 조금씩 더 많이 지워가는 시간만 남은 이 무렵. 아직 다하지 못한 마음은 마지막 에너지로 풍화하는 흐린 조명처럼 엷은 체념으로 시들어가고.

혹 만남의 기약은 작별의 인사가 있어야 하는 건 아닐까
어느 날은 아직도 네가 날 불렀을 여운이 있었던 것도 같아
멀리 오래오래 모퉁이를 바라보다가
문득 울먹울먹 그러다가
기울어진 기억이 몰락하는 추억에 업혀
제 울음 뒤 남은 훌쩍거림을 위안 삼아 잠시 기대 보는
마음을 부비는 지난 것들
아, 저런,
바람이 바삐 바삐 가는 걸음에 스쳤을 뿐인데
다시는 돌아올 것 같지 않은 저릿저릿함에
못 견디며 쏟아지는 무수한 낙엽

촛농처럼 소모되어 가는 아직 남아있을 기원(祈願)은
아직도 무어든 오로지 널 위한 마음이겠지
가을이 가을에 얹혀 가을에서 더 깊은 가을로 접어드는 길
이렇게나 겹겹
차마 놓고 싶지 않은 기억 같은 추억이라니
온통 물들어 견딜 수 없게 된 추억 같은 오래오래 기억이라니

유하정 dbqncns345@naver.com

마이동풍
빼앗긴 뜰
옥타브와 하모니
윤회(輪廻)
가을 뜨락에서

마이동풍

끝없는 외침에도 반응이 없다.
자신의 틀에 갇혀
깨어나지 못하는 것일까.
무의식 속으로 파고들어 가
숨소리조차 들릴까
멈추어 버렸나.

나의 집착일까. 뒤돌아서도
미련으로 돌아본다.
사랑이란 이름으로 뱉어내도
다가서지 못하는 잔소리가
세월이 가면 갈수록
작아져만 간다.

눈가에 찾아드는 흔적들만이
알았노라 실눈으로
던져주는 속삭임의 눈길
나도 그랬을 테고 너도 그렇듯이
그도 그럴 것이니
조금씩 내려놓고

기다림을 숙명처럼 받아들고 흘러가리라.

빼앗긴 뜰

나는 어디로 가는 걸까.
우리는 어디에 있는 걸까.
내가 아닌 내가 내가 되는 세상
네가 누구인가 알 수 없는 세상
우리가 우리를 잃어버림을 알지 못하는 세상

내가 만든 세상에서 행복을 꿈꾸던 그날은
내가 만든 세상 속으로 사라져 간다.
나는 알고 있을까. 아니 우리는 알고 있을까.
인간이 쉬운 세상을 만들려 하다가
인간의 참세상을 잃어버린다는 것을

무서워서, 두려워서, 가슴이 벌렁거린다.
어디까지 인간이, 인간이 아닌 세상으로 치닫는 걸까.
이제 점점 다가오는 이 두려운 세상 속에서
나를 잃지 않을 수 있을까
우리가 서로를 지켜줄 수 있을까.

이제 예술도 내가 아닌 내가 하는 세상이 되었다.
이제 빼앗긴 내 고유의 꿈들이 사라져 가고 있다.

인간이 만든 가상의 공간들이 점점 나를 점령해 온다.

나와 AI가 공존하는 세상에서 창작을 해야 한다.

우리의 빼앗긴 뜰에서, 자유롭게 나의 창작이 빛을 발할 수 있을까

옥타브와 하모니

제각기 소리를 내는 음계들처럼
너도 나도 그 누군가도 자리를 찾아
자신만의 소리로 전하는 말없는 말
삐걱대며 제자리를 찾지 못해도
그만의 세계는 아름답다.

홀로 앉아 그려보는 수채화는
자유로운 영혼이라 칭할 수 있다.
나만의 세계로 향하는 예술이니까.
그러나 우린 심판대에 오른다.
이것은 아니야 저것이 정답이야

하지만 누구의 잣대라는 말인가.
아무리 큰소리치며 높이 올라도,
하나로는 부족해 만드는 하모니
서로서로 화음을 맞춰 배려하고
다른 이의 소리에 집중하는 것

인생도 다를 바 없는 것을
옥타브만 높다고 아름다울까.

우리 서로 어우러져 화음을 맞춰
마음을 다하는 영혼의 하모니라면
행복함이 차고 넘치지 않을까.

윤회(輪廻)

질기고 질긴 덩굴을 감으며
저 높은 하늘 향해 치솟아 올라
태양을 탐하며 잠식해 가는
숲속의 폭군이라 하더냐.

땅속 깊이깊이 뿌리내리며
진기를 끌어 산천을 밟고 서서
흡한 그 기운 모으고 모아
알알이 묻어둔 속살이더냐

땡볕에 서리서리 얽어맨 터
보랏빛 꽃잎으로 단장해놓고
폭군의 기상 감추려 하는
향기로운 그 모습 거짓이더냐

바람에 떨어져 뒹구는 꽃잎은
민낯을 드러내고 짓밟히다가
소나기 심술에 흔적을 잃어도
깊은 속내 감추인 그의 수고는

알뿌리를 품고 윤회를 꿈꾸며,

잠들어 있을 뿐이다.

가을 뜨락에서

바시시 웃으며 반기는
고운 빛 단풍 잎새에
살며시 새어 나오는 탄성은
사랑이 되어 가슴 두드리고

푸르러 눈이 부신 하늘에
하이얀 구름 한 조각
바람에 미끄러져 가면
잔잔한 그리움이 번져 오네

키 작은 코스모스 한 송이
하늘하늘 춤을 추며
갈바람에 입맞춤하면
애상으로 다가오는 추억

단풍잎 주워들어 들춰 보다가
살며시 밀려오는 아린 생각에
나도 몰래 또르르 또르르
쓸쓸함에 밀려 또르르 또르르

유월(流月) esgai5@naver.com

강우장엄(降雨莊嚴)
시금치를 지나가다
콩나물갱죽
비 구경

강우장엄(降雨莊嚴)

초롱꽃 등, 빗줄기 맞고 꺾어져
빗방울이 몰려와 투신하는 포석 위에 모가지 드리우고 있다
물은 웅덩이에 몸을 펴고
금세금세 빠져 죽는 비꽃들을 피우며 막 웃고 있다

현악의 빛살이 눈부시게 꽂힌다
한 옥쇄가 분출한 물마루, 동그란 일원상을 그린다
옥쇄 하나, 하나, 그 몸 하나로 수평선을 밀어낸다
주름진 수평선들을 만드는 수평선의 몸이 된다

한 형체의 극한에서 또 한 형체의 극한을 만나 일그러지는,
몸을 지키지 않는 힘의 절정,
그 틈으로 미끄러지면
물이 되어 물의 뼈를 만질 수 있을까?
그 극한에 쪽빛 인광이 너울거리는, 모든 몸의 총체의 등뼈를?

이브 끌렝, 젊은 요술쟁이, 그대도 오라!
허공을 소지(燒紙)했던[1] 손 안의 빈손은 경쾌하지!

---

1 이브 끌렝(Yves Klein, 1928~1962)은 〈비물질의 회화적 감성대〉란 가상의 작품을 판매하고, 그 증서를 센강 위에서 태워 흩음으로써 작품을 완성하는 제의를 시연했다.

비꽃 가득 청람색 바다를 건져 올리는 물길

표박하는 호롱불의 눈썹을 훔치며 휘파람이나 불면서

시금치를 지나가다

우리가 잘 아는 F가 단호하게 말했다.
"먹는 것이 너다."

검시관은 F의 배를 갈라
'F=총합[생전에 먹은 f]'를 확증할 것인가?

시금치를 깨문다, 그 엉덩이가 볼그스레하다
산 것이 산 것을 먹이는 일의 법열은 이런 것이다

봄비에 젖은 흙을 만지는 햇빛을 살랑이는 바람이
이 유일한 시금치가 되는 순간의 비밀은 하늘도, 땅도 몰라

거룩한 일들에 떨리는 목소리를 건네고
이름 지어 찬탄하는 말의 비밀은 시인도 말 못해

시금치는 시금치를 지나가고
사람은 사람을 지나가네

콩나물갱죽

추운 귀신도
이것의 이름에 잠시는 따스하리
식은 밥 한 덩이와
김치 콩나물국으로 섬기는
가난한 지상의 한끼
오병이어 부럽잖네

비 구경

투명하고 보드라운 면사포 같다.
비가 내린다.
여름도 막바지, 공기는 연둣빛으로 환하다.

살날이 얼마나 남았다고 사는 일에는 아직도 서툴구나.
늙은이들이나 찾는 약을 한 봉지 사 들고
찻길의 건널목에 멈춰 서서 비 구경을 한다.

빗금 치는 빗줄기를 세어본다.
둘을 세고 셋을 세고, 처음부터 다시 세고, 또 세고
한 줄기도 붙들지 못하고
붙들지 못하는 대로 놓아 보낸다

차일을 치는 빗줄기
저 안쪽에 한없이 웅숭깊은 고요
그 안식은 너무 짧아
홀린 듯도 하고, 거절당한 듯도 하다.

평생이란 것이 여태 길 위에 있구나.
그래, 하지만 더 무엇을 바라야 하나?

기특한 것을 좇아 살아오지는 않았으니
세상의 속내가 적요함을 보았다면, 그것으로 되었다.

윤인 inyoon@naver.com

술친구

슬픔 병원

가을비

사람꽃

나의 장례식

술친구

아무도 찾지 않는 저녁이 많아지는 계절이 오면
가을 달빛 아래
눈빛이 선한 그대와 술 한잔하고 싶네
나 한 잔 그대 한 잔 마시며
가끔 지나는 서늘한 바람에 지나간 그대 사랑 향기도 실려 와
그대 그 사람 보고 싶어 눈물이라도 훌쩍이면
나 말없이 술만 마시며 그대 그치길 기다리고

나 누군가 보고 싶어 빈 하늘 바라보면
그대 말없이 내 술잔 채우곤 혼자 마시며
나 술잔 들기를 기다리고

서로에게 취한 듯 안 취한 듯
사랑하는 듯 안 하는 듯
그리움도 사랑도 다 그치면

아무 일 없다는 듯 잘 가라 인사하며 헤어지곤
서로에게 무겁지도 않아 그립지도 보고파지지도 않고
생각나지 않아도 미안하지 않아 까맣게 잊고 살다가
또 둘이어도 외로워지는 계절이 오면

만나서 술 한잔하고 싶어지는
그런 그대 있었으면 좋겠네
그런 그대 사랑했으면 좋겠네

슬픔 병원

소리 없는 눈물은 들썩이는 어깨로 보이고
뚝 하고 한 방울 떨어진 눈물은 하얀 운동화 끝의 얼룩으로 보입니다
슬픔은 소리보다 시각으로 더 슬퍼집니다

쓰윽 소매 끝으로 닦은 슬픔은 전염되기 쉬운 병이라
함께 울어야 낫습니다
저녁의 골목길은 아무도 모르게 혼자 울기 좋은 곳이라
여기저기 들썩이는 어깨가 자주 보입니다
무언가를 잃고
누군가를 놓치고 돌아오는 아픈 저녁
슬픈 상처를 가진 사람들을 치료하기에
골목길은 슬픔의 병원입니다
사랑을 떠나보낸 사람들은
슬픔 병원에서 스스로 처방한 눈물의 약을 먹습니다

가을비

가을비는 가을을 깊게 한다
가을비를 맞으면
내가 꼭 가을인 거 같다
차갑고
잔잔해지고
쓸쓸해진 나는
도무지 갈 곳이 없어
결국은 그대 사랑에 기대고 만다

만지면
그대도
가을비에 젖은 거 같아
슬퍼진다

가을비는
혼자 맞기엔 너무 슬프다

우린 그래서 사랑하며 산다

사람꽃

저녁 무렵 술집 앞에서
이제 막 세상의 문을 열었을 법한 젊은이가 땀을 뻘뻘 흘리며
탑처럼 쌓인 무거운 술 상자를 옮기고 있다
지도 번듯한 직장에서
번지르르한 양복을 입고 한껏 폼을 잡으며 살고 싶었겠지만
묵묵히 주어진 땀을 흘리고 있다

이른 아침 카페에 가니
아직은 립스틱이 어색한 앳된 아가씨가 반갑게 웃으며 맞는다
지도 늦잠을 자고 엄마에게 투정도 부리고 싶고
애인이랑 꽃구경도 가며 살고 싶겠지만
그래도 생글거리며 커피를 내리고 있다

속으로야 힘들다며 구시렁거릴지 모르지만
주어진 인생길에 최선을 다하는 모습이 아름답기만 하다
꽃은 높은 곳에서 피는 것이 아니라
낮은 곳에서 피고
낮게 피어 아름다운 것이다

세상을 화려하게 살려는 사람에겐

하찮고 어렵고 더러워 보일지 모르지만
그럼에도 그 일을 묵묵히 하며 살아가는 사람들
그 꽃들로 세상은 분명 아름다워진다

오늘 그런 꽃 몇 송이를 봤다

나의 장례식

무너지듯 주저앉아 내 영정사진을 붙들고
영안실이 떠나가도록 목놓아 울어주는 이 없어도
영안실 구석에서
남몰래 소리 없이 울어주는 사람 없어도
어찌어찌 부고를 듣고
어디선가 함께했던 시간들을 떠올려주는 사람 하나 없어도
아니면 이미 가물해진 기억이라서
애써 이름이라도 기억해 보려는 이 하나 없어도
벌써 잊혀져 누군지도 모른다며
고개 돌리며 외면하는 사람뿐이라 해도

그대여
인생은 남길 것도 가지고 갈 것도 없이
홀로 왔다 혼자 가는 것

나 웃으며 떠나리니
그저 한때 내 인연의 손 잡아준 그대여서
고마웠다고
정말 고마웠다고
웃으며 떠나리니

담담히 웃으며 떠나리니

미안해 마시라

그대는 미안해하지 마시라

이경선 tut3114@gmail.com

복숭아

복숭아를 콱 깨물면
과즙이 콸콸
쏟아져 나오겠지

달큼한 향기가 입안을 온통
물들이면
코끝이 찌릿할 거야

찌릿한 내음은
심장의 두근거림으로 이어지지
사랑하고 미워하는 습관처럼

심장은 뛰고
마라톤은 멈추지 않아
도착지가 있어 통과하면 또다시 시작이야

복숭아를 입에 물고 뛴다, 털이 쿡쿡 찌르면

과즙이 흐르겠지,
한 쪽 정도의 사랑이 떨어지고 있겠지

복숭아 한 쪽은 꼭 씹고 있을 거야

마라토너는 복숭아나무를 심었다
입안에 주렁주렁
찌릿한 내음에서

마라톤 이어달리기
어디를 가고 싶은 거야? 너는 말이야
우리는 말이야

도착지 무사통과 기원
과즙 터트리기
사랑하고 미워하는 습관처럼

심장은 라인에 서 있고

ㄴ도 없이 안녕을 말해

“안녕” 인사말에서 ㄴ이 빠지면
영원한 문장이 될 거라 생각해

모음과 모음 사이에서 문장은
끝내 완성되지 못할 거라 생각해

헤아리지 못할 이야기가 담겨 있어
우리만큼이나 먼 시간을 돌고 있어

어쩌면 ㄴ과 상관없이, 영원은 여기에 있을지도

설익은 아이스크림처럼
녹아버릴 것처럼 문장이 쏟아지고

구름은 눈물도 없이, 짝지어 가고
돌돌 말린 솜사탕이 있어, 끝없이, 달콤할 것만 같은
영원처럼 풍경은

거기에 있었지
“아영” ㄴ이 없는 인사를 낯설게 건네며

누군가의 이름처럼 미완의 첫 문장을 적었지

문고리도 없이 문을 나간 사람은, 언제나처럼 늦지 않고

ㄴ이 사라진 세상에서 ㄴ을 볼모로 잡고서

마침이 없는 목소리를 길게 늘어트렸지
안개처럼 쏟아지는 비
눈물처럼 손금이 바라보고 있어, 우리의 영원을

소리 없는 말들을 중얼거리면서
우리는 손금을 세고
지난밤의 자랑이었던 설산은 끝내 녹아내리고

하늘이 둥글게 지나가고 있어

ㄴ도 없이 나는, 당신을 생각하고

산책

우리들의 기쁨은 언제 슬픔이 될지 몰라

길을 걸을 때는 지름길을 가지 않아
빙 둘러서는
천천히
아주 느린 길을 택하곤 해

너를 가장 오래
볼 수 있는 거리니까

심장에서 발뒤꿈치가
가장 멀어지는 거리니까

보폭을 줄이곤 해
초록 빨강의 벽돌 벽을
색깔 맞춰 걸어 보곤 해

여기 공원에서는
살찐 비둘기를
어디서든 볼 수 있지

뒤뚱거리는 몸짓에서
나는 행복을 찾고
너는 가느다란 눈을
더욱 반짝이며 뜨고

둘이서 팔짱을 하고
발을 맞춰서
나는 제자리였지

지름길을 택하지 않아
애써 멀리 돌아가곤 해

반갑지 않은 출구는 닫고만 싶지
나가서도 늘 들어갈 궁리를 하지

문밖의 나는 외롭고
너는 여전히
반짝이고 있을 거야

문고리를 부여잡고

기역자로 말린 모양으로

기쁨이 슬픔이 되는 과정에 대해 생각해
어쩌면 문턱의 일일지도 모를

사소한 발뒤꿈치의 일상 같은

홍매화

붉은 꽃피운
겨우내 뭉근하였을
연정

가지마다 잔설도
봄바람에 흩어지고

저 마음만 붉게
요동치고 있어라!

사이드 미러

운전자는 풍경을 보지 못합니다 풍경은 외부에 속해 있습니다
풍경은 무성영화처럼 소리도 없이 넘어가고 있습니다
문구가 적혀 있습니다

사물이 거울에 보이는 것보다 가까이 있음

어디서부터 가까이라고 할지 모르겠습니다
풍경을 소유한 적이 없습니다
거리는 소속감을 갖게 합니다 엄마와 아들, 남자와 여자처럼
부호가 있습니다 등가 부호는 없습니다 풍경은 공평하지 않습니다
선글라스처럼 앞을 가리고
운전자는 풍경을 보지 못합니다
조수석에서 사물은 가까이에 보입니다
빗방울이 떨어지고 있습니다
더 많이 젖는 것은 어깨입니다 지나간 사람의 뒷모습입니다
미러의 각도를 부호처럼 꺾습니다
한 겹의 풍경이 벗겨집니다
스크린이 되감기고
문구가 확장하고 있습니다

최초의 클락션, 사물이 가까이에 있습니다

이연재 9doja@naver.com

그리움
흔들리며 피어나는 인생
이루어질 수 없는 사랑
아침 물안개
가을밤

그리움

나조차
어쩌지 못해
그리워하는 거지
잊고 싶다 잊혀지면
그게 어디 그리움인가

그런데 말야
바람아
너는
누구의 그리움에 혼이런가

때론
어느 날 문득
가쁜 숨을 몰아쉬며
휘몰아치듯
세상 어딘가를 떠돌고

때론
그리움의 사무친 마음 달래줄
바위틈 어딘가에

운명을 찾아 헤매듯

잔잔히

아주 천천히 걸어가는 바람아

너도 운명이 그토록 그리운 거니

그런가 봐

그리움이란

원래

그런 건가 봐

나도 그래

흔들리며 피어나는 인생

인생이 고달프다 넋두리 마라
한철 사는 꽃들도
비바람에 흔들리며 피어난다

하물며 팔구십을 사는
우리네 인생이야
말해 뭐 하겠는가

그렇다고 주름진 상처 때문에
고까운 눈으로
세상을 깡그리 외면하지는 마라

거친 풍파 속에서 겸손을 배워
비로소 타인의
아픔을 보게도 되는 것이니

그래서
흔들리며 피어나는
인생이 아름답다는 것이다.

이루어질 수 없는 사랑

— 퓨전 사극 드라마를 보다가

돌아가야 할 사람을
돌아가게 하는 것은
그 사람을 아꼈기 때문입니다

엉뚱한 짓으로 실망을 안겨
돌아가게 하는 것이
얼마나 가슴 아픈 일인 줄
돌아가는 사람은 알 길 없겠지만

잘 살아온 사람이
보잘것없는 사람에게
잠시 머물렀던 마음은
이내 후회할 마음인 줄 알기에

이런 사람
다시는 만나기 어려운 줄 알지만
안을 수 없는 사랑은 맘 안에서 쓰림으로 웁니다.

아침 물안개

어미 잃은 별은
밤마다 우는가
새벽마다 풀잎이 젖어 있다

자식 잃은 어미 마음
밤낮으로 우는가
발길마다 시퍼런 멍 자국이 남아 있다

갈기갈기 찢겨 우는 심장에
접골된 두터운 업보의
한 많은 기도가 가닿지 못하고

뭇별 사이를 맴돌다
희뿌연 달빛에 쓰러져
물안개로 하얗게 내려 물보라 핀다.

가을밤

서리 찬 가을밤
출렁이는
들꽃 속에서

익어버린 가슴은
한 권의
맑은 시집 같아

아릿한 달빛 그리움의
매달린 추억이
아물거리는 가을밤

가을에도
청춘이 남은 탓일까
때론 붉고 때론 파랗다.

이용환 dalcho@naver.com

병자

한 평 남짓 사각 침대에 나는 살았다
그것이 한 점으로 남은 내 실존이다
침대 뒤로 빠르게 숨는 저 바퀴벌레도 하늘을 난 적은 없겠지
나는 가만히 듣는 훈련에 집중한다
고양이는 야옹야옹 우는 것이 아니고
으아, 으앙, 으허흐흐흑 운다
새는 뻿뻿 비비빗 의외로 큰 소리 지른다
비행기 한 대가 굉음을 내며 어디론가 사라졌고
세자로 286-8 앞길은
종일 자동차 엔진소리 힘찬데
병자는 누워 사실 밖이 그리 궁금하지도 않다

마음의 강

창밖의 나무들이 노랑 빛으로 물들더니
점차 다갈색으로 짙어진다

저 강의 언저리에 푯대를 꽂은 지
어언 이십여 년
감정은 천변 만변하여 스스로 약속 지키기 어렵구나

이십여 년을 기다렸으니
더 이상 기다릴 무엇도 남아있지 않다

초로의 태공
잔잔한 강의 수심에 돌팔매 하나 던지니
일렁일렁
힘없는 동그라미 저 혼자 춤을 추네

창밖을 보는 고양이

해 아래 밝게 빛나던 구름이
해와 숨바꼭질하듯
앞서거니 뒤서거니 도망치고 잡히고
이내 사라졌는가 싶었는데
어딘가에서 또 떼 지어 나타나고
유유히 남쪽 하늘로 몰려가더니
순식간에
푸른 하늘이 잿빛으로 변해 있다
저것은 회색 구름의 두터운 층인가?
물기를 머금은 듯 무거워 보인다
고양이 한 마리
어슬렁어슬렁 다가오더니 얍!
하고 창틀에 뛰어올라
물끄러미 창밖을 관찰하고 있다

가을비

고양이가 뛰어와 밖에 비 온다고 알려준다

야옹— 야아옹—

화장실 세면대 앞에서 나도 들었다

토독 토독 토도독

양철지붕에 비 듣는 소리

오는 듯 마는 듯

조용조용 내리는 가을비

그려, 그려, 누군가 고개 끄덕이듯

가을비 내린다고 어떤 사람 저번에도 일러주더니

또 가을비가 오나 보다

보통리에 내리는 눈

사락사락 내리는 눈은 묵묵히 내린다
올 때 오는 것처럼
와야 할 때 오는 것처럼 묵묵히 내린다

'묵묵히'란 말이 좋다
그렇게 살기로 작정한 것처럼, 그렇게 살 수밖에 없는 사람이라고
묵묵히 살아야 한다

묵묵히 농사를 지어 곳간을 채워놔야 한다
누군가는 필요할 거니까
언젠가는 쓰일 것들을 준비하는 것이다

이일권 jupsan21@naver.com

몽돌처럼

서로 몸을 비비며 함께 살아간다
봄이 되어 얼었던 땅이 녹고
돌아서야 할 때도
입 맞추며 이별하지 않는다

서로 몸을 비비며 함께 살아간다
여름이 되어 거센 비바람 불고
헤어져야 할 때도
꿋꿋하게 이별하지 않는다

서로 몸을 비비며 함께 살아간다
가을이 되어 온 세상 물들어 가고
떠나야 할 때도
꼭 잡은 두 손 놓지 않는다

서로 몸을 비비며 함께 살아간다
겨울이 되어 하얀 눈에 덮여
잊어야 할 때도
다시 두 손을 꼭 잡고 놓지 않는다

아, 나도 몽돌처럼 살고 싶다

긍정적인 삶

죽음은 삶이 애처로워 경계를 넘지 못한다
언제부터인가
삶의 열정에 그만 마음이 약해져
죽음은 나약해진 것이다

죽음은 삶의 뒤뚱거림에 바보처럼 눈물을 흘린다
아버지가 죽고
어머니가 죽어도
나와 너 뒤돌아보곤 살아야 한다

삶이란 죽음보다 냉혹하고 잔인하며
때론 절벽을 기어오르고
때론 낭떠러지를 내려가 보아야 한다

그래야만 살 수 있기 때문

가위손

가위는 늘 행복했다
볼트와 너트처럼 둘이면 최고인 줄

셋이면 싸운다며
감히 서로 사랑도 못 하고 눈치만 보다

손을 만나고부터
삶이란 셋이어야 행복하다는 것을 알았다

낚시

헬렌조지아 공원 개여울
사람들이 낚시를 하고 있다

첫째 태공 낚싯대를 들어 올린다
잉어 한 마리 바늘에 걸려 바둥바둥
물에만 살던 물고기에게는 절망
태공에겐 즐거움

둘째 태공 낚싯대 바라보기만
하루 종일 한 마리도 못 잡고 미소만
낚시는 놀이의 하나 못 잡는 것이 행복이라며 웃는다

셋째 태공 낚싯대 외면한 채 하늘만 바라보다
낚시에 걸린 물고기 놓아주며
즐거운 듯 물속 하늘에 낚싯줄 던진다

낚시란 각자의 삶을 낚는 것

아내의 꽃무늬 옷

아내가 꽃무늬 옷을 샀다
아내는 꽃처럼 아름답다
빨간 노란 파란 하얀 꽃무늬 옷

아내는 꽃무늬 옷 입고 춤을 추며
옷이 날개라며
훨훨 나비처럼 날아오른다

아내는 힘든 삶을 모두 벗어 버리고
빙글빙글 주위를 날며
온 세상 기쁘게 내려다본다

옷이 날개 옷이 날개 옷이 날개
리듬에 맞춰 신나게 춤을 춘다

세상에서 가장 아름다운 춤을

장수혁 huck1914@naver.com

미소

가을이 풍성히
열린 오늘

기쁜 마음으로
어떤 어른처럼 되기를
바래 본다

어쩌면
기나긴 이 세월이
내가 풀어가야 할 일기장… 이겠지

아직도
멋쩍은 모습

가벼운 미소
보이지 못하고 있지만

어느덧
난 세월을
보내면서

이 일기장을

채우겠지

눈으로…

손으로…

마음으로…

간절한 마음

바람 한 점에 떨어진
빗방울 한 점

고독하게 남은
한 줄기 꽃잎은 훌러덩 벗겨지고

한 줄기 남은 곳
그곳에 희미하게 남은 붉은 빗방울

너도 울 줄 아는구나 라고

저 구름을 떠도는 새 한 마리가
떠돌며 말하는데

떨지 마라 떨지 마라
홀로 남았다고
고독할 것 없고, 풀 죽을 것 없으니

이제
남아있는 붉은 빗방울은 떨쳐 버리고

다시 피어 아름다운 꽃이 되어 나를 반겨 주려무나

나그네들 장터

홀로 떠도는 이들
가슴 미어져 우는 이들
나는 그런 이들이 웃든, 울든
나그네 장터라 이름 붙여봅니다

별과 소통할 수 있을까

밤하늘에 별을 봅니다
아무리 반짝반짝 빛나도
별은 아무런 말 없이 뜨고 집니다

별은 수만 수천인데 뭐라고 수군거리지도 않고
반짝반짝 빛나더니 아침이 오자 안개처럼 사라집니다

나도 하늘 위에서 반짝이다가 지는 별이었다면

같이 뜨고 지면서 반짝일 때 소통하고

(우리들끼리 그렇게 지낼 수 있을까)

죄

행복합니다
다시 일어나서

행복합니다
어쨌든 어린 시인이 되어서

하지만
속으론 화가 납니다

아직도 나에 대해
한탄하고
비난합니다

강하지 못해
죄인 거죠?

이렇게 한탄만 하는 게
죄인 거죠?

정진용 nowhereiam0@naver.com

길에서

길에서

— 1992년 조수 일기

1. 소복(素服)

비 오는 날
마산 아귀찜 집엘 갔더니
소복(素服) 여인이 어린 기억 열어

시아버지 탈상(脫喪) 치른 새색시
샘물 긷는 처염(凄艶)한 상복 뒤태에 끌려
구미호한테 홀린 나그네처럼
그 품에서 흐너지고 싶었던 날 아뜩한데

한잔 술 마시며
귀동냥한 소복(素服) 팔자 맞춰 보니
오늘이 지아비 사십구재.

그럼에도 웃음 시린 소복에 혹해
꽃꽃이 끝의 통잠 상상했다면
그래, 내가 미친놈일까.

2. 국밥집에서

빨빨 강아지처럼
창원 상남시장 바장이다
국밥을 먹는다.

오랜만에 만난 시골 어른들
술국 거간꾼 삼아 주고받는 안부가
사투리 억양처럼 팔팔한데

내게도 저런 장날 있을까,
시적시적 비우는 청승 술잔에
백열등만 자맥질 바쁘다.

3. 대구 비산동에서

서울 종로 영업소에 도착하면
의정부 염색공장 들러
미아리 봉제공장 거쳐

동대문 패션 된다는
게으른 원단 기다리다
화물 위로 자빠지니

어라, 별이 있어
까마득히 잊었던 기억 원단 챙겨
무엇이든 만들어 보라고 속살거리는 것도 같은데
더디 오는 화물에 마음만 어수선하다.

4. 청계천에서

하루를 마감한 사람이
한잔 술로 휘청휘청 돌아가는 밤

복개(覆蓋)된 사진으로 남은 청계천에서
푸른 내, 푸른 물 그리워 않고 화물을 싣는다.

돈만 있으면
사단 병력도 무장시킬 수 있다는 청계천에서

어떤 무기를 챙길 생각도 없이
무덤 같은 하루를 살겠다고

현실(玄室) 같은 짐을 싣는다.

5. 추풍령에서

추풍령 들러 가는 바람에게 바라노니

길 흐르는 바람 고르고 골라
사랑 앞에선 더없이 순하게 하고
사랑 품에 녹신녹신 안겨
가을 굽이 겉돌지 않게 하고,

당장은 가을걷이 바쁜 엄마 땀과
아버지 지청구 훑어 주길.

6. 마산에서

어머니 오늘 아침도 손수 끓이셨겠지요.

파르르 빈 가슴 흔드는 자식 생각에
전화 소리, 까치 소리 진종일 기다리셨겠지요.

어쩌다 무릎 자릿할 때면 당신 생각도 하지만
못난 몸 추스르기 바쁜 바람

오늘 아침은 소주로 했습니다.
남녘 마산에서 맞은 당신 생신을 핑계로.

7. 목포에서

유달산이 부슬부슬 비에 젖는다.

유달산 장사(壯士)를 사랑한 세 자매가 안개에 젖는다.

사랑 태워 보내는 배에
활시위 겨누던 사내 마음이 안개 속 비에 젖는다.

깨칠 겁법도, 쏴버릴 사랑도 없는 바람이 비에 젖는다.

이름만 남은 삼학도(三鶴島)
하늘로 날아간 학을 따라 바람도 안개가 된다.

8. 어떤 하루

오후 다섯 시 서울역 뒤편 트럭 침실에서 나와
마포, 영등포, 관악, 안양을 돌며 범일, 서면, 동래, 사상……
목적지대로 들쭉날쭉 짐짝을 아귀 맞춰 싣는다.

뽕짝 따라 어둠 따라 경부고속도로 흐른다.
구급차, 순찰차, 견인차가 눈알 굴리는 왜관 교행 구간에
회사 차 두 대가 나란히 서 있다.

동래 영업소가 시끄럽다.
왜관의 그 트럭 기사가 죽었단다.
바람 탄 전처 자리에 임신한 띠동갑 아내를 둔 그가
서른여덟, 녹록잖은 길 홀쳐맸단다.

저녁 부산 휘돌아 한밤 구미 스치며
국화 속 그를 배웅하려던 마음을
남은 일주일 치 일정으로 덮는다.
그렇게 아낀 시간을 뭣에 쓸지도 모르는 채
한 개비 쓸쓸함을 분향처럼 사른다.

9. 태종대에서

한강 둑이 터졌으니
부산에서 하룻밤 묵으라 하길래
바람 든 처자 만날까, 싹쓸바람 태종대에 갔지만
완월동 아가씨의 분 냄새도 없다.

털레털레 자갈치시장까지 걸어와
멋쩍은 소주 홀짝대던 촌놈
마냥 부끄러웠다.
다들 일할 때 홀로 단풍 들어.

10. 다들 제자리에

서울에서 광주, 목포로 가는 짐을 싣는다.
순례하는 영업소마다 몇몇만 바뀐 채
모두 제자리 지키고 있다.
한자리 신호등으로 서 있다.
천국이 있다면 마땅히 이들 것이리라.

11. 엽서

그제는 광주에서 묵었습니다.
어제는 목포에 있었습니다.
지금은 서울역 뒤편입니다.

오늘은 저녁내 부천, 안양, 양재를 돌 겁니다.
내일은 다시 광주 거리 구를 겁니다.

한자리에 뿌리내리지 못한 바람은
서울에서 광주까지 밤길 팔백 리 떠돕니다.

농부, 학자, 정치인, 예술가, 교사, 회사원……
학교 다닐 때 담임선생님이 불러주던
쌔고 쌘 장래 직업 중에서 되고 싶은 거 하나 없더니
지금도 무심한 밤만 태우고 있습니다.

12. 길 위의 성탄절

진눈깨비 우중충한 새벽입니다.
광주 계림동에서 콩나물국밥 더불어 술잔 뒤집습니다.
달력을 보니 오늘이 성탄절입니다.

희미한 그림자 데리고
예술의 거리, 개미시장 기웃거렸습니다.
암내 맡은 수캐처럼 금남로 쏘다녔습니다.
여관 아줌마한테 일주일 치 빨랫감 맡기고
먼 나라 이야기 가득한
티브이 채널만 일삼아 돌립니다.

괜히 마음만 바쁜 계절

한숨 모가지만 쑥쑥 빠집니다.
대인시장에서 사 온 꿀떡을 꿀떡꿀떡 삼켜도
약밥을 약처럼 씹어도
여관 이불의 거웃 같은 날입니다.

13. 아직도 바람

더는 버릴 것 없는 가로수가
구름 흐르는 달빛 온몸으로 받듯
그렇게 겨울 넘어야 하는데
난 아직도 바람입니다.

조태원 j7027@naver.com

새벽 4시

모두가 잠들어 있는지 알았는데
아니었다.
그냥 잠시 멈추어 있는 것뿐

거미는 이슬로 집 짓느라 분주하고
대지의 영혼들이 깨어 기지개를 켜는 때,
뜨락의 초록들은 서서히 만세 부른다.

어제 고단한 하루를 보낸 이들이
다시 일어설 채비를 하고
가로등 불빛이 가장 필요한 시간
북극성이 가장 밝게 빛날 시간
골목길이 가장 고요한 시간
동맥의 혈류(血流)처럼
소리 없이 하루의 숨을 불어넣는 시간

거실, 내 발자욱 소리에
누군가 깨어날까 봐
고양이처럼 살금살금 걷는다

베란다로 들이미는 초겨울 바람이 차가워
커다란 창을 힘주어 닫는다
마음의 창도 꽉 닫아
아무와도 억지로 대화할 필요가 없는

새벽 4시

달맞이꽃

소이산(所伊山)[2] 지뢰꽃길 속
철조망 사이에
그토록 예쁘게도 피었네

님이 그리워 자그마한 손바닥을 펼쳤나
고향 가고파서 까치발 돋아
고개 내밀어 저 멀리 쳐다보나

화약 냄새 시큼한 가을밤,
보름달 훌쩍 뜨니 더 활짝 피었네

어느 꽃에 숨어 슬피 울고 있으려나

엄마를 목 놓아 부르며 죽어간
이름 모를 병사(兵士)여

수줍게 핀 노란 꽃잎 사이에

---

2 철원읍에 있는 362m의 작은 산. 군사통제구역에서 벗어나 개방되었다. 소이산 주변은 지뢰꽃길이라는 생태숲길이 조성되어 있으며 철원역사문화공원과 옛 노동당사가 곁에 있다. (철원군 www.cwg.go.kr)

지친 영혼 감추고

이젠

편히 쉬시게

햇살

계절마다 햇살이 조금씩 다르다는 것을
그때 알았었다면

지금,
우리 사이는 조금 달라져 있을까?

햇살에 색깔이 있다는 걸
조금만 더 일찍 알았었더라면
이별을 늦출 수 있었을까

햇살에 향기가 있다는 걸
그때라도 알았더라면

우리,
조금은 더 서로를
사랑해 줄 수 있었을까

봄

휴대폰 화면이 별처럼 하얗게 빛났다.

예년에 비해 벚꽃이 일찍 피었다고 그 사람이 말했다.

서먹함은 어느새 지워지고

나는

이젠 목련이 필 때가 되었다고 말해주었다.

꽃들이 피건 지건 아무런 상관없이 살았었는데

이젠 상관이 있게 되었다.

이미 그 사람과 이야기를 나누어 버렸기 때문이다.

우리가 함께 할 4월이

앞으로 몇 번이 될지 몰랐기에

전화를 끊고 혼자 눈물 흘렸다

별

고개 들어
밤하늘 바라본 적 있어?

난 별이 될 거야
어떤 날은 보이지 않아도
다른 날은 다시 보이는

보이든 안 보이든
그냥 계속 그 자리에 있는
별이 될 거야

그리고는

하늘에서 널 바라볼 거야

수필

경정 jjdjj1112@naver.com

부정선거

부정선거

부정선거 하면 4.19가 먼저 생각난다. 3.15 부정선거로 4.19가 일어났기 때문이다. 당시에 나는 선거권이 없었지만 3.15 부정선거는 권력욕이 만들어낸 결과가 아닌가 한다. 투표용지를 바꿔치기하고, 상대의 득표 용지 위에 특정인의 용지를 한 장을 올려놓고 계산하기 등등. 이런 방법은 재래식 구닥다리라고 생각한다.

나는 오래전에 모 문학모임 회장의 초청으로 충북 음성에 갔다. 내 어릴 때 집에 있는 도랑에서도 비가 오면 맹꽁이가 울었었다. 처마에서 떨어지는 낙수 위치까지 미꾸라지가 올라와서 꿈틀거렸다. 어머니 연세 31, 내 나이 6세에 아버지가 돌아가셨다. 초등 3학년 때 어머니가 서울로 가시고, 나는 큰집에서 학교를 다녔다.

그 당시 혼자 외롭고 쓸쓸할 때면 아버지 묘소를 다녀오곤 했다. 아버지 묘를 찾아가는 길에 하얗고 손톱만 한 꽃이 피어있었다. 또 묘지 둘레에 고개 숙인 할미꽃이 있었다. 나는 그 두 꽃을 하염없이 바라보고는 했다. 그 하얀 꽃이 망초꽃이라는 것을 성장한 후에 알았다. 묘지 둘레가 개발되고부터 망초꽃이나 할미꽃을 볼 수가 없었다. 맹꽁이 소리는 더욱 못 들었다.

살아오면서 꽃이 예쁘다 아름답다고 느껴 본 적이 없는 것 같다. 그런데 늘 망초꽃과 할미꽃을 보면 가슴이 아리고 눈물이 고인다.

문학모임 회장님으로부터 음성에 초대받은 날이 8월 14일이었다. 대략 500미터 앞에 경찰서가 보이고, 걸어서 5분 거리에 대형마트가 두 개나 있고, 도시가 형성된 시골이었다.

전날 비가 왔다. 앞에는 논이고 뒤쪽에는 개천이었다. 그곳에서 소주 파티를 하는데, 맹꽁이 소리가 들리기 시작했다. 마당에서는 이상한 새 소리가 들리기 시작했다. 나중에 알게 된 것이지만, 그 이상한 새소리는 청개구리가 경계 신호를 하는 것이었다.

사람 사는 마당에 독사가 있었다. 물론 잔인하지만, 작대기로 그 독사를 천당으로 보내준 친절을 베푼 것도 나였다. 청개구리가 담벼락을 맨몸으로 올라갈 수 있다는 것도 그때 알았다.

담벼락 끝 개천가에 피어있는 할미꽃, 나는 어릴 때 기억 속으로 빨려 들어가 가슴이 찢어지는 아픔으로 아무 생각을 할 수가 없었다. 나의 어릴 적 기억이 그곳에 고스란히 있었다.

"내가 살 곳은 이곳이구나."

그냥 그렇게 무조건 충북 음성에 주저앉아 거주하게 되었다.

KBS 충주 방송을 시청하는 지역이다.

전국 언론노조는 단일 노조라고 한다. 그런데 20대 국회의원 선거 때와 19대 대통령 선거 때 이상한 방송을 접했다. 공영방송 KBS에 방영되면(P.R) 어마어마한 효과를 나타낸다. 그 효과는 체험해 보지 못한 사람은 피부로 느끼지 못할 것이다. 국회의원 선거 운동하는 기간에 KBS News를 보다가 너무 이상했다.

민주당의 유니폼 색이 파랑이었고, 정의당은 노랑이었으며, 새누리당인지 당명이 바뀐 것인지는 기억에 없지만, 유니폼 색이 자주 즉 팥죽색 비슷했다. 그 외 정당은 생략하겠다.

뉴스 할 때마다 선거운동원들의 유니폼 색이 파랑뿐이었다. 10중 1~2번은 노랑색(정의당)이었다. 자주색이나 기타 정당은 한 번도 시청한 적이 없었다. 선거 운동을 보이콧했다고 봐야 한다. 기울어진 운동장이 아니고, 새누리당 선수는 팔 하나를 묶어놓고, 민주당 선수와 권투 시합을 하는 것 같았다. 언론노조가 단일 노조라면, 전국적으로 어떤 결과가 되었겠나? 결과는 압도적인 민주당 국회 입성이었다. 그것이 부정선거라고 말하지 않겠다. 공영방송이 어떻게 했나를 말하는 것이다.

19대 대통령 입후보자 토론회를 했다. 홍준표, 문재인, 안철수, 심상정, 유승민(존칭 생략)이었다. 질문답변 시간에 홍준표 씨가 문재인 씨를 향하여 "북한 인민군 복무연한을 아십니까?"

문재인 후보는 대답을 못 했다. 홍준표 후보가 문재인 후보를 향해 몇 번을 다그쳐도 묵묵부답이었다.

화가 난 듯 홍준표 씨가 물었다. "압니까? 모릅니까?"

문재인 씨가 대답했다. “모릅니다.”

일그러진 처절한 상항이었다. 대통령 후보가 전부 다 알 수는 없는 것이다.

그런데 그다음 날. 충북 충주 KBS News 시간에는 기절할 일이 방영되었다. 국회의원 수대로 순서가 정해져 있었다. 아나운서 멘트가 “1번은 더불어민주당 문재인 대통령 후보의 정견 발표가 있겠습니다.”

세상에서 가장 잘생긴 미남이 나타났다. 원래 잘생겼던가? 내용도 어떻게 그렇게 좋은 내용만 골라서 편집했는가? 토론회를 전부 시청했지만, 그 정도 좋은 줄은 몰랐다. KBS 편집 실력이 세계 제일인 것을 인정합니다.

다음은 그 당시 새한국당인지, 미래 통합당인지 기억에 헷갈리지만, 아무튼, 다음은 XX당 홍준표 후보의 정견 발표가 있겠습니다. 라고 하는 것과 동시에 화면이 찌지직하고 일그러졌다. 전혀 방송되지 않았다.

다음은 안철수 후보, 심상정 후보로 이어졌다. 유승민 후보는 아예 이름조차 거명되지 않았다.

이것이 전국적인 방송이었다면? 홍준표 씨는 대통령을 강탈당한 것인가? 문재인 씨가 당연히 대통령으로 당선되었다. 부정선거가 어떤 것인가? 대한민국이 어떤 나라인가?

나는 그때부터 KBS 시청료 분리 운동과 납부 거부 운동을 전개했다.

고희석 ptist2000@naver.com

노래와 그리움

삶의 동반자, 음악

추석 한마당

노래와 그리움

– 고향의 봄

얼마 전 한 자원봉사자가 가야금을 들고 우리 장애인 공동체를 찾아왔다. 30대 초반으로 보이는 여성 연주자였다. 그녀는 고운 한복을 입고 강당에 올랐다. 악기에 맞춰 곱게 차려입은 그 마음이 느껴졌다.

장애인과 직원 도합 200여 명이 강당에 모였다. 그녀는 몇 개의 민요를 가야금으로 들려준 뒤에 '고향의 봄'을 연주했다. 곡을 마치는가 했는데 다시 '고향의 봄'을 연주한다. 그런데 아까와는 다른 분위기다. 아까는 우아하게 들렸는데 이번엔 경쾌하게 들린다. 노래가 끝나는가 싶으면 다시 박자나 멜로디를 살짝 바꾸어 연주하기를 20분 이상 하는데 아마 10번은 변주한 듯하다. 그때마다 새로운 감동이 일었다. 거참, 신기했다. 이 곡이 이렇게도 연주가 가능하구나 하며 감탄했다. 가야금은 민요나 어울리는 줄 알았는데 이처럼 다양한 방식으로 맛깔나게 할 수 있는 악기라는 것에도 놀랐다.

울림이 퍼지면서 장내가 가야금 세상이 되었다. 우리 장애인들도 집중하는 모습이 또렷했다. 보통 그들은 아는 곡이 나오면 얼쑤절쑤 춤을 추는데 지금은 자리에서 꼼짝 않은 채 곡에 집중했다.

이 곡이 이렇게 다양한 변주가 가능한 이유가 가야금의 매력 때문인지 연주자의 능력 때문인지 모르겠지만 나는 둘 모두에 반해버렸다. 가야금과 한 몸인 듯 연주하는 모습에 눈을 뗄 수가 없었다. 악보도 없이 거침도 없이, 연주를 하는 건지 춤을 추는 건지 알 수 없을 정도였다. 혼을 담는 집중력이었다.

그날 들은 '고향의 봄' 연주는 여러 해가 지났지만 뇌리에서 잊히지 않는다. 그 뒤로 나는 명절이면 교회 성가대에서 이 곡을 개사해 두어 번 발표했고, 내가 일하는 공동체의 장애인들과도 중창으로 발표를 한 적이 있다. 개사를 해서 부를 때는 가능하면 원 가사를 최대한 유지하고자 하는데 그것은 이 곡이 단순한 동요 차원을 넘어서 국민의 노래이기 때문이다.

이 곡이 '이원수' 님이 14살에 쓴 동시라는 걸 알고 처음에 깜짝 놀랐다. 어른 아동문학가 '이원수'의 작품인 줄로만 알았다. 어린이가 이 시를 썼다고 말해주면 의외로 놀라는 사람들이 많았다. 이 시는 '방정환' 선생이 창간한 잡지 〈어린이〉에서 주관한 공모전에 당선되어 실렸는데, '홍난파' 선생이 이 시로 곡을 지어 1929년에 〈조선동요 백곡집〉에 실으면서 널리 알려졌다. 그 후로 이 곡은 민족의 곡이 되어 아리랑과 더불어 타국에서 부르는 애국의 노래이며 타향에서 부르는 그리움의 노래가 되었다.

내가 초등학생이던 70년대에 이 곡은 이상한 가사로도 학교에 퍼졌는데 '나의 살던 고향은 인천교도소, 꽁보리밥에 된장국이 그립습니다' 하는 가사였다. 어떤 애가 우스개로 만든 가사라 생각하며 깔깔 불렀다.

생각해 보면 이 곡은 누구라도 부르다가 울고 부르다가 철들 노래다. 또한, 나이가 들어도 철이 덜 들었다고 말해주는 노래이기도 하다. 철원의 어느 신병 교육대 훈련병들도 이 노래로 울었다. 사격훈련 후 두어 시간 기합을 받은 뒤 조교들이 이 노래를 강제로 부르게 했고 우리 120명의 훈련병들은 전부 울었다.

이 곡은 어떻게 편곡을 해도 아름답다. 계이름이 '솔시레파솔파미레'로 나타나는 '아아아아~' 부분의 선율은 천사의 아리아로 들린다. 화음으로 붙는 알토 선율은 소프라노 선율과 3도 음정으로 나란히 오르내리는 부분이 많은데 마치 이 둘이 동반자 같은 느낌이다. 그럴 때면 이 곡이 우리 생의 동반자라고 말하는 듯하다.

삶의 동반자, 음악

오늘도 하루의 시작을 노래에 띄운다. 가사로 때론 휘파람으로 갑자기 입에서 흘러나온다. 대부분 어린 시절 익히 듣던 노래들로 '송창식'이니 '정미조'니 뭐 이런 가수들의 노래다. 통속적인 가요지만 내겐 어린 날의 순수함을 담은 동요만 같다. 이따금 내게 어울리지 않게 클래식이나 영화음악도 튀어나오지만 이 역시 동요에 속한 그 어떤 추억의 곡이다. 그러므로 내겐 순수한 음악들이다. 나는 이런 음악들을 '어린 음악'이라 부르고 싶다.

'어린 음악'을 부르면 삶의 한 지점이 마음 가운데 솟아오른다. 그것은 장소 혹은 사건일 수도, 때로는 단지 감정일 수도 있는데 공통점은 경험을 담았다는 점이다. 그러면 그 음악은 단순히 삶의 도구가 아니라 하나의 '존재'가 되어 일평생 삶에 내재하고 만다. 일단 삶에 함입되면 그 음악은 인생의 일부가 되어 마침내 삶의 동반자라는 신분에 오르게 된다. 그러므로 나의 흥얼거림은 귀한 것이며 누군가의 흥얼거림 역시 그러할 것이다.

요즘 음악에 대한 서술이 담긴 책을 자주 읽는다. 음악 주변의 이야기, 음악을 하는 사람의 마음이나 철학 같은 글이다. 특히 음악 역사에 대한 책은 더욱 즐겨 읽는다. 노래가 어떻게 해서 나에게로까지 왔는지 그 변천과정을 살피는 것은 의미 있는 작업이다.

예컨대, 우리나라 최초의 근대가요가 〈사의 찬미〉(1926)라는 사실, 최초의 애국가가 스코틀랜드 민요 〈석별의 정〉이었다는 사실을 읽었을 때 마치 무슨 족보를 알아냈다는 기쁨이 있었다. 홍난파의 〈봉선화〉를 최초의 가곡으로 알았는데 조선의 시조(時調)도 그 시절의 가곡이었다는 설명을 접했을 때 역시 그랬다.

나는 음악 전공자는 아니지만 교회에서 성가대 지휘를 하고 있는데, 매주 들여다보는 악보의 역사를 알게 되면서 이 일이 더 귀하게 여겨졌다. 오늘날의 서양 악보는 거의 800년에 걸쳐서 완성되었다. 10세기에 나타난 4선 보표가 5선으로 한 줄 더 늘어나는 데만도 대략 500년 걸렸고 음표머리가 네모에서(9세기 네우마 기보법) 원으로(16세기) 모양 하나 바뀌는 데 거의 700년이나 걸렸다. 사실 잘 믿겨지지 않는다. 박자가 필요 없던 낭송 음악이 박자 음악이 되어 박자를 구분하는 마디가 생기기까지가 네우마 기보법 이후 대략 800년이다. 이러한 역사는 악보를 볼 때 그 어떤 경외감을 느끼게 하여 연습 순간들이 조금 더 귀하게 다가온다.

〈음악의 언어〉라는 책에서 저자(송은혜, 음대교수)는 "음악은 상처

난 세상을 위로하는 자리에 있다."고 말했다. '우리가 삶에서 길을 잃고 해답 아닌 해답들을 내놓으며 살아가는 동안 음악은 그 선율과 추상성으로 우리를 위로한다'는 것이다. 그런 것 같다. 음악은 삶의 해답을 주지는 않지만 상처난 길을 묵묵히 쓸어주는 역할로 우리를 돕는다.

음악이라는 삶의 일부는 다행히 우리를 도와만 줄 뿐 그 어떤 해도 끼치지 않는다. 이는 다른 경험들과 확연히 구분되는 것이니 얼마나 고마운 존재인지 모른다. 이 존재는 객체가 아니라 주체가 되어, 단지 도구로서가 아니라 가족처럼 머무르는 또 다른 동반자로서 우리의 굴곡진 삶을 쓰다듬는다.

추석 한마당

추석이다. 명절 행사를 준비 중인 사회재활팀은 며칠 전부터 야근하면서 시나리오며 각종 소품 준비에 바빴다. 그들로부터 전화가 왔다. 행사에서 게임 부스를 하나 맡아달라 한다. 알았다고 했다. 어차피 행사 기간에는 물리치료를 안 하니까.

코로나19 이전에는 추석 연휴에만 행사를 했지만 지금은 인원을 반으로 나누고 기간을 늘려 연휴 이틀 전부터 4일 정도에 걸쳐 시행한다. 그래도 한 번에 약 100명씩이다. 넓은 운동장에서 할 요량이었지만 비가 와서 강당으로 옮겼다. 운동장에는 만국기가 일주일 전부터 펄럭이는 중이다.

우리 장애인 공동체가 추석 행사를 해마다 하는 이유는 장애인들의 일상을 회복시켜주기 위해서다. 원장님의 강력한 의지로 수십 년째 시행 중인데 가족 없는 장애인이 대부분인지라 직원들이 그들의 가족이 되는 행사다.

각종 부스에 차린 개별 마당은 물론, 전체가 한 자리에서 진행하는 한마당도 있다. 생활재활교사들은 장애인들을 모시고 다니면서 각 마당에 참가하고 지원부서 직원들은 각 마당을 진행한다. 간식을 요리하는 직원들은 종일 전을 부치는 등 바쁘다.

비가 내리는 운동장은 펄럭이는 만국기들만이 행사에 바쁘다. 우리는 모두 강당으로 갔다. 8개의 부스를 차렸다. 만들기 체험 부스가 셋이고 게임 부스가 다섯이다. 나는 컬링 게임 부스를 맡았다, 게임용 막대로 쇠로 된 원반을 밀어 높은 점수를 내는 사람이 이긴다. 게임용품을 30만 원이나 주고 샀기에 조심해서 쓰라고 당부를 받았다.

아홉 시 반에 게임 시작을 선언하니 장애인들이 저마다 이 게임 저 게임으로 몰려간다. 내 부스로도 모여든다. 점수를 내야 과자를 주겠다고 했지만 실은 점수를 못 내도 주었다. 휠체어를 탄 분들은 비스듬히 위치해 원반을 밀어야 해서 점수가 잘 안 나온다. 제일 재밌다며 오전 내내 컬링을 하는 분도 있었다.

옆 부스에선 고무신 던지기를 한다. 신을 신은 채 던져 점수를 낸다. 나도 해보니 맘대로 안 된다. 그 옆 부스에서는 시소 과자 받기 게임을 한다. 한쪽 끝을 발로 눌러 반대편 소쿠리에 담겨진 과자를 날라오게 하여 자기 소쿠리로 받은 만큼 가져가는 방식인데 욕심이 붕붕 날아다닌다. 이 게임도 쉽지 않아 겨우 몇 개라도 챙기면 다행인 줄 알고 옆 부스로 향한다.

중앙부스로 오면 기다란 실이 달린 돼지저금통 여섯 마리가 기다린다. 여섯 명이 3미터 떨어진 의자에 앉아 실을 스틱에 말아 가장 빨리 돼지를 획득하면 이긴다. 여섯 마리 플라스틱이 텅텅 튀기며 다가오는 모습이 웃음을 자아낸다.

체험 부스는 여성 장애인들에게 인기다. 핸드폰걸이 만들기, 장난감 만들기, 미니어처 고리 만들기를 진행했다. 플라스틱 뚜껑을 열판으로 눌러 녹인 뒤 틀로 찍어 돌고래 모양, 곰 모양, 나뭇잎 모양 등등을 만든다. 남자 직원들은 장애인을 돕는 건지 작품을 망치는 건지 쩔쩔맨다.

오전에 게임을 마친 사람들은 오후에는 각자 방에서 요리대회를 한다. 오전에 요리대회를 한 사람들은 오후에 게임 부스로 와서 즐긴다.

왁자지껄 하루를 보내고 다음 날에는 200명 전 인원이 강당에 모여 사또의 생일잔치라는 마당 꽁트를 즐겼다. 해마다 복장과 소품을 인근에 있는 〈남양주종합영화촬영소〉에 가서 빌리는데 촬영소에서 협조를 잘해준다. 사또, 이방, 포졸, 각설이, 임금, 망나니, 양반 등등 출연진들이 그 시대의 옷을 입고 나왔다. 관중석에도 옛 복장을 입은 사람들이 즐겁게 앉아있다.

생일 축하 행렬이 이어진다. 사또가 의자에 앉아 축하 행렬을 맞이하는데 선물 뭐 가져왔는지 일일이 따지다 보면 감옥에 가는 양반, 곤장을 맞는 나졸, 천당에 가는 각설이까지 마구 난리다. 도중에 춘향이는 숙청을 들 테냐 말 테냐 치도곤을 당한다. 헌데 도중에 임금과 중전마마가 입장하니 사또가 쩔쩔맨다.

이때 갑자기 장내가 소란스럽다. 덩치 좋은 여성 장애인이 온갖 수염을 달고 백정 분장을 해서 도끼를 들고 나온다. 플라스틱 모형 도끼인데 그 장애인이 도끼질을 잘 못하기에 관중석에 있던 내가 뛰쳐나가 장애인 손을 잡고 사또를 혼내줬다.

마침내 사또의 셋째 딸 신랑감을 구하는 순서다. 신랑 후보자는 현장에서 간택(?)된 사람들이다. 힘센 남자, 잘생긴 남자, 요리 잘하는 남자라고 간택되었는데 하나같이 정반대다. 나도 끌려나갔다. 약골인 나는 힘센 남자라고 잡혀 나갔다. 간택된 사람들은 춤, 노래, 게임 이기기 등등 한바탕 장기를 펼친 뒤에야 풀려났다. 한 명이 신랑으로 최종 간택되면서 사또의 생일잔치가 끝났다. 물론 나는 탈락.

행사가 끝나고 4시 반쯤 운동장으로 나가니 아직도 비가 철철 온다. 올 추석은 제 계절이 여름인지 가을인지 분간을 못 할 정도로 덥고 비가 많다. 그래도 우리 공동체의 추석은 한껏 제맛을 냈다. 내일 행사는 영화상영이라 한다. 나는 이제부터 연휴로 쉬지만 절반의 직원들은 남아서 계속 수고할 것이다. 아름다운 그들의 얼굴이 떠오른다.

김미선 clovermisun@naver.com

가을의 문턱
백담사
행복한 여행

가을의 문턱

예년에는 지금처럼 덥지 않았는데 왜 이렇게 날씨가 더운 것인지 갈수록 걱정되는 계절입니다.

생각해 보면 그때는 지금처럼 덥지 않았던 것 같았습니다. 그때는 요즘 들어 많이 보급된 에어컨도 없었습니다. 선풍기조차 가정마다 가지고 있지 않았습니다. 그 덥던 여름 내내 손으로 부치던 부채가 유일한 여름용품이었습니다. 찬물 한 바가지로 무덥던 여름을 넘었어도 요즘처럼 더웠던 거 같지는 않았는데 많이 오염된 지구환경으로 오는 자연스러운 결과가 아닐까 싶습니다.

무척이나 오래전 일입니다. 벌써 40대 후반으로 가는 딸내미가 출산 전에 친정으로 와서 그 덥던 여름을 지냈어도 지금처럼 덥다는 느낌이 아니었으며 찬물에 발 담그던 그 정도로도 견딜 수 있었던 것 같았습니다. 다행히도 삼복더위가 다 지나기 전 말복 날에 손주가 태어났고 그날부터 시원했기에 올해도 그럴 것이라고 기대했는데 예상보다 훨씬 덥습니다.

우물에서 두레박으로 퍼 왔던 물로 만들어주시던 엄마의 시원한 오이냉국 한 대접이 절실하게 그리운 여름날입니다. 지금은 그 시원한 냉국 만드시는 걸 망각으로 지우고 아이가 된 엄마가 제 곁에 오래오래 계시기를 간절히 염원하며 여름을 보내고 있습니다.

입추라는 절기가 무색하게 더워도 가을이 오고 있습니다. 코끝에 스치는 바람에 싱그러운 나뭇가지 흔들림과 살포시 다가오는 달달한 가을 향기가 우리들 발길을 재촉합니다. 언제 그렇게 더웠을까, 하며 창문을 닫으며 지금처럼 더워서 힘들었던 시간을 그리워하지 싶습니다.

지난겨울엔 늦게까지 내렸던 폭설로 넘어져 다치신 분이 많이 입원했던 걸 보니 우리나라도 점점 사시사철이라는 계절이 없어지는 거 같아서 안타깝습니다.

가끔은 너무 고온다습한 동남아 날씨와 비교하게 되지만 이제 우리 곁에도 여름 등을 밀어내고 가을이 오고 있습니다. 모든 것을 내려두고 늘 하루하루에 감사하고 나 아닌 이웃을 돌아보고 다가오는 가을을 기다리는 여유를 가지고 싶습니다. 나의 여유로운 삶의 시간을 위해 가을 문턱에서.

백담사

몇 번의 기회가 있어서 가보고 싶었는데 아직은 직장을 다니기에 늘 다음 기회로 미루다가 올여름에 백담사를 다녀왔습니다.

당일치기로 가는 여행이기도 했지만 아침 7시까지 도착해야 하는 집결지가 경기도 원당역이었으며 이름조차 생소한 그곳까지 도착 시간에 맞춰 집을 나섰습니다. 지하철로 가는 소요 시간을 계산하면서 여유 있게 도착한 원당역 출구로 나가니까 함께 같은 버스로 여행을 떠나기로 한 지인이 있었습니다.

우리는 함께 버스에 탑승하여 그동안의 밀린 인사를 나누고 가까운 휴게소에 도착하기까지 하하호호 밀린 수다 삼매경에 빠졌답니다.

그날 하필 비가 왜 그렇게 많이 오는지. 오는 게 아니라 바가지로 퍼붓는다는 게 맞을 듯했습니다. 창밖이 뿌옇게 보이지도 않왔습니다. 동석했던 가이드는 우리한테 기도 많이 하라고 하셨습니다. 저렇게 내리던 비도 조금 지나면 갑자기 그칠 수도 있다고 하시기에 속으로 반신반의했습니다.

그런데 도착지가 가까워오니 다행스럽게도 세차게 내리던 비가 잦아들기 시작했습니다. 가이드의 말이 맞았습니다. 우리는 버스터미널에서 백담사까지 왕복하는 셔틀버스로 갈아타고 백담사에 무사히 도착했습니다.

잘 가꾼 백담사의 웅장한 모습에 불자가 아니어도 숙연했습니다. 백담사 경내로 들어가 한방차 향기에 취해 찻집으로 들어갔습니다. 볼 것도 많았고 따듯한 차로 몸을 녹였습니다.

오락가락했던 비 때문에 가고자 했던 절까지는 못 갔지만 중간중간에 자리한 기암괴석과 흐르는 물줄기를 보는 것만으로도 너무 좋았습니다. 비가 많이 오니 위험하다기에 중간에 내려오면서 누군가가 쌓아놓은 돌탑을 배경 삼아 추억으로 남길 사진 몇 장을 찍었습니다.

일행보다 앞서 버스가 정차한 곳으로 내려와 강원도 특산물인 황태정식으로 점심을 먹으며 그곳에서 만들어서 팔고 있는 막걸리도 한잔 마셨습니다.

또 다른 여행을 약속하고 집으로 들어가는 버스에 앉으니 그렇게 내리던 비도 멈추었고 창밖 풍경에 취했습니다. 같이 여행다녔던 곳이 이제는 많이 변해서 새로워졌을 테니까 다시 가 보자고, 그러기 위해서 서로가 건강 잘 챙기자고 친구와 약속하며 행복했습니다.

고마운 친구야, 내 삶에 늘 같이 있어 줘서 고맙고 이번 추석 연휴 여행 때 예쁜 추억 많이 만들어서 소식 알려줄게. 고마워.

행복한 여행

무척 더웠던 지난여름 서울을 떠나서 살아 보고 싶다던 친구가 일산, 용인, 인천, 강릉 몇 곳을 가보고 최종 결정을 내린 곳이 가평이었습니다. 자라섬을 아침 산책길로 할 수 있는 곳에 정착하기로 하고 이사했다 합니다.

베란다 유리창으로 보이는 잣나무숲의 푸르름, 까만 하늘을 수놓은 별들의 초롱초롱함, 가끔가끔 들려오는 산새들 노랫소리가 까마득한 유년의 시간으로 데려간다며 너무너무 행복해하는 그 친구 초대로 이번 여름휴가를 그곳으로 정했습니다.

가평역에 도착했을 때 마중 나온 친구가 데리고 간 자라섬 캠핑장은 찌는 듯이 더웠습니다. 3시 입실 시간에 맞춰 받아 든 열쇠로 문을 열었더니 시원한 에어컨, 깔끔한 주방 시설, 세 개 침대와 욕실까지 완벽했습니다. 처음 경험해 본 캠핑카로 하루는 호캉스로 즐기고 다음 날은 바캉스로 즐기기 위해서 가평 칼봉산 계곡에서 물놀이를 즐겼습니다. 하늘은 너무너무 예쁜 색이었으며 끝이 안 보이는 미루나무 끝자락은 성큼성큼 깊어 가는 초가을 첫 자락이었습니다.

칼봉산 계곡에서 친구와 물놀이를 함께했습니다. 유년 추억을 상기할 만큼 바람 소리는 정겨웠습니다. 풍덩, 물소리 더불어 물장구치며 행복한 시간을 보냈습니다. 직장이라는 일상을 접어두고 나만의 행복한 추억을 만들었습니다. 친구랑 걸었던 자라섬 산자락에 걸린 산안개 발끝에 스치는 아침이슬과 풀숲에서 풍겨오는 풀 내음에 취해서 이 꽃 저 꽃을 바라보며 사진 찍기에 시간 가는 줄 몰랐습니다. 산을 올려다보면 산자락에 걸린 산안개가 사라지고 완연하게 밝아진 물 위로 산자락이 잠겨있었습니다. 길가 낯익은 나무가 있어 풀섶을 헤쳐 보니 열매가 빨갛게 주렁주렁 달려 익은 채로 익숙한 이름표를 달고 있었습니다. 이꽈리나무 길이 어릴 적 추억과 함께 내 발길을 잡으며 쉬어가라 합니다.

앙증맞은 게 꽃보다 예쁜, 가을 맞으려고 심어 놓은 미니해바라기, 백일홍, 코스모스 묘목이 예쁘게 자라고 있었습니다. 행복한 길이라는 하우스 속에는 조롱박이며 이름조차 모르겠는 호박이 있었습니다. 기다란 무언가는 내 키보다 훌쩍 컸으며 주황색으로 곱게 익은 유주는 속살을 빨갛게 드러낸 게 너무너무 인상적이었습니다.

이제 또 다른 그림으로 기다릴 다음 만남을 약속하고 친구가 서둘러 가평역으로 데려다주었고, 행복했던 여행을 끝내고 일상으로 돌아왔습니다. 새로운 추억을 함께할 수 있도록 해주었던 친구 신랑에게 감사하고 함께했던 친구에게도 시간 내주어 고마웠다고 해야겠습니다. 행복한 여행을 함께해줘서.

김미애 tobitt@naver.com

부질없는 미련
여고 동문회 후기
재활용 봉지를 나눠준다더니

부질없는 미련

옆집 담장 너머로 손을 뻗으면 닿을 듯 주렁주렁 매달린 단감을 보자 십수 년 전 어느 가을이 생각난다.

라인동산아파트 상가에서 '천냥생만두전문점'을 운영하고 있을 때 친정엄마가 가게 앞에 내놓고 팔아보라며 단감 네 포대를 따다 주셨다. 30년 동안 희로애락을 함께하며 정들었던 친정집과 텃밭이 소방도로 공사로 완전히 헐리게 되어 그해에 마지막으로 딴 단감이다. 엄마 혼자 그 많은 감을 어찌 따셨을까 싶을 정도로 많은 분량이었다. 겉에 흠이 없이 매끈한 단감은 팔고, 군데군데 홍시가 되어가는 감, 장대로 휘두를 때 멍이 들거나 금이 간 감은 따로 놔두고 먹었다. 농약을 한 번도 하지 않아 완전히 무공해 감이라 물에 씻거나 껍질 벗기는 과정조차 생략하고 바지에다 쓱쓱 문질러서 그냥 베어 먹었다. 단감이 아주 잘 익어서

꿀맛이라 한 번에 두세 개씩 먹었는데도 많은 양이 남아 날이 갈수록 점점 물러져 가고 있었다.

"좁은 가게에 자리만 차지하고 있는 것도 짐이여!"

어느 날 남편이 감을 검정 비닐봉지에 주섬주섬 담아 차에 실었다. '중고 가전' 조 씨한테 갖다줄 거란 건 안 봐도 뻔했다.

주위 사람들과 나눠 먹는다는 것은 좋은 일이다. 내가 주고 싶은 사람한테는 간혹 퍼 주기도 하는데 정말 남 주기 아까울 때가 있다. 얌체 같은 조 씨가 딱 그런 사람이다.

내가 감을 다 못 먹고 버린 한이 있더라도 조 씨한테 주기는 싫었다. 친정엄마가 보내온 그해 단감이 특히 그랬다. 얼마 안 있으면 집이 뜯기게 되기에 친정집 감을 맛볼 수 있는 마지막 단감이란 생각에 아쉬움이 미련으로 남았다.

남편이 조 씨네 가게에 필요하다 싶은 물건이 있으면 그냥 갖다주고 물리치료도 해주며 많은 도움을 주었는데, 막상 우리 만둣집에 필요한 정수기랑 선풍기 및 기타 집기류 등을 부탁했을 때는 시세보다 훨씬 비싸게 팔았다. 그리고 주문한 집기류를 가게에 가져다줄 때마다 가족 동반이었다. 만두랑 닭꼬치를 공짜로 실컷 먹은 다음 양해도 구하지 않고 제 가게인 것처럼 아이스크림을 꺼내 먹고, 집에 갈 때도 기어이 하나씩 입에 물고 만두도 바리바리 싸 들고 갔다. 물론 '바리바리' 싸 준 사람은 남편이다.

그날 밤, 잠을 자려고 누웠는데 날이 새면 남편이 미운털 같은 조 씨한테 단감을 다 줘 버릴 거라는 생각이 들자 마음이 영 편치 않았다. 그래서 얼른 잠들지 못하고 뒤척이다가 남편이 잠이 든 것을 확인한 후 옷걸이에 걸어둔 남편 바지 호주머니에서 차

열쇠를 훔쳐 범행(?)을 저질렀다.

베란다에 놔둔 물러진 감 여덟 개를 남편의 차 트렁크에 있는 감 중에서 맛있어 보이는 것으로 바꿔치기했다. 그러고도 아까운 생각이 들어 몇 개 더 집어내었다. 그제야 기분이 한결 나아졌다. 남편이 차 트렁크를 열었을 때 감 봉지가 현저하게 줄어든 것을 미처 알아차리지 못했는지 별말 없이 무사히 잘 넘어갔다.

평소의 신조가 '실수도 기록하는 메모광이 되자'이긴 하지만 더러 완전범죄가 되지 않고 덜미가 잡히고 마는 사건들을 보면 범행 일지를 세밀하게 기록하여 제 발등을 찍는 경우가 많다.

나 역시 마지막으로 수확한 친정 단감에 대한 미련 때문에 저지른 행동을 기록으로 남겼으니, 대나무 숲에다 대고 "임금님 귀는 당나귀 귀다!"라고 외치고 만 셈이라 완전범죄가 되지 못함이 심히 껄끄럽다. 하지만 그날 밤 저지른 내 행동이 여지없이 밴댕이 속을 훤히 드러내 보이고 부질없는 미련이었을지라도 그것에 대해 미안해하거나 후회하지는 않으려 한다.

여고 동문회 후기

학창 시절을 떠올려보면 앞에 나서서 적극적으로 활동했던 기억이 없다. 수업 시간에 각 과목을 맡으신 선생님들뿐만 아니라, 담임 선생님도 맨 앞자리에 앉은 내가 간헐적으로 튀는 침의 파편을 묵묵히 맞으며 반에 존재했었다는 것조차 기억하지 못할 것이다. 여고 졸업한 지 25년 되던 해에 동문회가 광주에서 열린다는 안내를 받았을 때, 꼭 참석해야 할 임원도 아닌데 바쁜 일거리를 내팽개쳐 두고 다녀오겠다는 말이 선뜻 나오지 않았고, 가게에서 일하던 복장 그대로 가자니 영 아니올시다였다. 까치집 지은 듯한 머리에다 무릎 부분이 볼록하게 튀어나온 헐렁한 츄리닝을 입고 파란 고무 슬리퍼를 찍찍 끌며 온 동네를 활보하고 다녀도 아무렇지 않았지만, 많은 동문 선후배가 참석하는 자리인데 일하던 차림 그대로 가는 것은 예의가 아니란 생각도 들었다. 그래도 몇 명이나 참석했는지 궁금하여 명화한테 전화했더니 우리 기수가 너무 안 와서 고개를 못 들겠다며 지금이라도 얼른 와 달라고 했다. 그래. 옷차림이 이런들 어떠하며 저런들 어떠하리! 오랜만에 친구들이랑 학창 시절로 되돌아가 보고 싶어졌다.

모임에 가면 필시 누구 남편은 지금 어떤 지위에 있고, 누구네는 몇 평에 살고 있다는 등의 얘기를 듣다 보면 한없이 작아지는 것 같은 자격지심에 괜히 참석했다는 후회감이 들 수도 있을 것이다. 그리고 친한 친구들 모임과는 달리 연령층이 다양하여 너무 낯설긴 하겠지만 그래도 한번 가보기로 마음먹은 것은 내 딴엔 큰 발전이랄 수 있다.

택시를 타고 부랴부랴 동문회장에 가니 언뜻 보아 백여 명의 사람들이 기수별로 둥근 탁자에 앉아 있는데 무슨 세미나장에 들어선 듯한 느낌이 들었다. 다들 세련된 머리 스타일에 말쑥한 정장 차림이고, 대부분 나보다 훨씬 연상이신 대선배님들이 많이 참석하셨다.

얼른 우리 기수를 찾지 못해 두어 테이블 앞에서 서성이며 엉거주춤 서 있는 내 복장이 모임에 맞지 않는 차림이었다. 그렇다고 여기까지 왔다가 그냥 갈 수 없어서 홀 안을 두리번거리다 뒤쪽 테이블에 앉아 넉넉한 웃음이 얼굴 가득 퍼지고 있는 미경이가 얼른 눈에 들어오기에 그쪽으로 갔다.

막상 참석하긴 했으면서도 꿔다놓은 보릿자루로 한쪽 귀퉁이에 처박혀 있다가 가는 건 아닌가, 내심 우려했었는데 친구들이 늦게나마 참석해 줘서 얼마나 고마운 줄 모른다며 나를 반겨주니 참석하기를 잘했단 생각이 들었다.

성요셉 여중 졸업생 중 제일 연장자인 분도 참석하셨다. 여고 1기부터 22기까지 각자 소개말을 들어보니 쌓인 연륜만큼 다들 안정되어 보였다. 우리 19기수보다 10년이 빠른 선배님들도 그 나이가 느껴지지 않을 만큼 젊고 우아해 보였으며, 똥뱃살도 거의 없어 보였다.

미경이와 명화 그리고 은자는 아는 선배님들이 다가와 반가워하며 알은체해 주셨는데, 나는 아무리 주변을 둘러보아도 낯이 익은 선배님들이 몇 분밖에 안 보였다. 그때, 화장기가 전혀 없이 청순해 보이는 한 분이 우리 쪽 테이블에 오셔서 명화랑 인사를 나누실 때 나도 얼른 끼어들어 인사를 드렸다.

"안녕하세요! 많이 뵌 분처럼 낯이 익네요!"

아마 이런 비슷한 인사를 했던 것으로 기억된다. 그러자 미경이랑 명화가 깜짝 놀라며 선배님이 아니라 김연희 선생님이시라고 하였다. 아무리 봐도 나보다 2~3년 선배님으로밖에 안 보여 선생님이실 거라고는 전혀 생각을 못 했었기에 사오정 같은 폭탄 발언을 한 셈이다. 또 한 분 역시 무척 낯이 익어서 몇 년 전에 직장에 다닐 때 안면이 있으신 분인가, 했는데 박명자 선생님이시라고 했다.

아무리 세월이 흘렀고 그 선생님들께 수업을 안 받았다고는 하지만, 학교 다닐 때 오며 가며 마주쳤을 선생님을 못 알아볼 정도로 기억력이 형편 없어진 건가, 스스로 생각해도 한심했고, 죄송한 마음을 금할 길이 없었다.

중앙 테이블에는 젊으신 교장 수녀님 그리고 몇 분의 선배님들과 함께 연로하신 노린 수녀님께서 시종일관 고개를 반쯤 수그린 자세로 앉아 계셨다. 목을 가누실 수 없을 정도로 편찮으셨는데도 동문 모임에 참석하셨다는 데에 깊은 감명을 받았다. 성요셉의 살아있는 역사와 다름없는 노린 수녀님께서 동문 모임의 장에 앉아 계셔 주신 것만으로도 충분히 그 빛을 발하셨다.

뷔페 식사를 하면서 학창 시절을 회상하거나 커가는 아이들을 보며 알콩달콩 사는 얘기, 건강에 관련된 음식 등의 담소를 나눈 후 기수별로 앞에 나가 노래자랑을 하는 시간을 가졌다.

뒤늦게 한 선배님이 파티복을 연상케 하는, 목이 깊게 파진 V자형 원피스를 입고 우아한 걸음으로 등장하자 다들 시선이 집중되었다. 작년 모임 때 노래를 기가 막히게 잘 부르셔서 상을 타신 분이라고 했다. 그 선배님이 앞에 나가서 온몸으로 감정 표현을 하며 열정적으로 노래를 부르셨다. 막힌 가슴이 뻥 뚫리듯 맑고 청량한 목소리가 넓은 홀에 울려 퍼졌는데 어쩜 그리 노래를 잘 부르는지 정말 부럽고 존경스러웠다.

젊으신 교장 수녀님께서는 〈소양강 처녀〉를 열창하셔서 박수를 받으셨다. 어떤 기수는 한 분뿐이어서 우리 기수가 앞에 나가 춤을 지원해 드리기도 했고, 다른 기수들이 노래를 부르는 동안에 자리에서 일어나 흥겹게 장단을 맞춰 주기도 했다.

무대의 커다란 스크린에는 작년 모임 때 찍은 듯한 사진들이 활동사진처럼 스쳐 지나갔다. 정든 모교를 찍은 사진에 가슴이 뭉클해지며 코끝이 찡해지도록 감회가 새로웠다.

모교에는 졸업 후 어느 해 추석에 친구들과 딱 한 번 갔다. 사는 게 바쁘단 핑계로 더는 찾아가 보지 못했지만, 다시 밟아보고 싶은 낯익은 교정과 단정한 교복 차림의 학생들이 둥근 원을 그리며 포크댄스를 하는 모습, 성모성월 축제 때 마거릿 꽃으로 장식한 성모상 앞에서 5월의 여왕이 시녀들과 함께 찍은 사진, 이제는 머리가 희끗희끗해졌을 선생님들과 이미 고인이 되신 모 선생님께서도 앨범 속에서 예전 모습 그대로 인자한 웃음을 띠고 계신 빛바랜 사진이 한 컷 한 컷 지나갔다.

쉬는 시간이나 점심시간에 으레 본관 뒤뜰 잔디밭에 앉아 네잎 클로버를 찾거나 책을 읽고, 수녀원 뜰에 심어진 감나무에 감이 주렁주렁 달린 채로 장난삼아 한 입 베어 물었던 생각도 났다. 어제 일처럼 기억이 생생한데 어느새 그 나이가 된 딸아이를 둔 엄마가 되었고, 다시는 그 시절로 되돌아갈 수 없음을 실감했다.

어느덧 선배 기수들이 노래를 다 부르고 우리 차례가 되어 누가 부를 것인지 서로 미루다가 결국 '칫차'를 합창하기로 의견일치를 보았다. 이럴 줄 알았으면 미리 노래방에 가서 연습하고 왔으면 좋았을 걸 그랬다며, 못 부르는 노래지만 손을 잡고 뺑뺑이를 돌리는 춤까지 췄다. 교가 합창을 할 때도 앞에 나가 목청껏 신나게 노래를 불렀다. 선배님들이 우리 기수가 분위기를 살렸다며 칭찬해 주셨다.

심사 발표하기 전에 한 선배님이 우리 기수를 확인하고 가길래 드디어 우리가 1등인가 보다고 설레는 마음으로 기다렸는데 심사 발표를 하시던 수녀님께서 1등으로 후배 기수를 호명하셨다. 우리 기수를 확인하고 간 선배님이 수녀님을 향해 손사래를 치시는 것으로 봐서 착오인 듯하였지만 환호하는 소리에 묻혔다.

비록 우리 기수가 1등을 놓쳐 무척 아쉬웠지만 시종일관 분위기를 살리는 데 앞장선 명화 덕분에 다들 내숭도 안 떨고 신나게 분위기를 이끌었기에 그걸로 만족하기로 했다.

마지막으로 사회자가 이끄는 대로 테이블 바깥으로 서서 손에 손을 잡고 둥근 원을 그리며 교가를 합창하면서 마무리 율동을 끝으로 다음을 기약했다.

돌아온 후 내내 교가의 첫 부분인 '아침 햇~빛 찬란한~ 여~기~ 금릉성~! 하늘에 거룩한 뜻~ 새겨진 터~전~'이 입안에서 맴돌았다.

재활용 봉지를 나눠준다더니

“쓰레기 분리수거 규정이 강화되어 지금부터 약 5분에 걸쳐서 한 달 사용분의 재활용 봉지를 나눠주려고 하니 한 분도 빠짐없이…….”

가게 바깥쪽에서 들려오는 소리다. 한 달분의 재활용 봉지를 나눠준다는 말에 솔깃하여 밖을 내다보았다.

사람들을 불러 모으느라 골목골목을 누비는 승합차의 지붕 위에 설치된 확성기에서 나는 소리였다. 한 사람도 빠짐없이 나오라는 안내방송이 멀어졌다 가까워지기를 반복했다.

건너편 철물점 옆의 간이부스에서 딱 5분 동안 나눠준다고 하니 금방 갔다 와도 될 것 같아 일손을 멈추고 그곳으로 갔다. 언젠가 중소기업제품박람회에 갔을 때 사람들의 상체가 천에 가려 안 보이는 그 틈새로 뭘 하는지 비집고 들어가 보고 싶은 호기심을 갖게 했던, 그런 작은 부스였다.

부스 안에는 재활용 봉지라고 쓰인 상자를 올려놓은 탁자가 있고, 50대로 보이는 남자가 마이크 테스트하고 있었다. 부스 바깥에 서 있던 또 한 명의 남자는 느릿느릿 모여드는 사람들을 향해 두 손을 모아 나팔처럼 입에 대고 얼른 오라고 외치며 발걸음을 재촉했다.

우리 전방 바로 옆의 부동산 할아버지는 편찮으신 할머니 대신 나오셨다. 전방 건너편의 수다쟁이 할머니도 벌써 나와 계셨는데, 나를 보자 전방은 어쩌고 나왔느냐고 알은체하셨다.

그 외에도 낯익은 얼굴들이 몇 명 더 있었다. 수중에 돈을 가지고 있으면서도 지폐를 헐면 금방 써지니까 안 된다고 기어이 100원 단위를 외상하고 가는 얼룩무늬 고무줄 바지 입은 아주머니도 보였고, 두부 사러 왔다가 두부 판에 서너 모가 남아 있는데도 제사 모시려고 그런다고 새 판에서 잘라 달라고 억지를 쓰던 내 또래의 여자도 보였다.

과자 진열대 사이의 통로에 쪼그리고 앉아서 참이슬 소주 한 병을 종이컵에 부어 안주도 없이 한입에 털어 넣고 또 한 병을 바지춤에 쑤셔 넣어 가곤 하던 아주머니도 보이고, 부스스한 파마머리를 고무줄로 묶은 아주머니도 나와 있었다. 대부분 연세 지긋한 할머니 할아버지들이었고, 젊은 층은 얼마 전에 결혼한 리모델링 사무실의 새댁밖에 안 보였다.

다들 나처럼 안내방송을 듣고 공짜로 나눠준다는 말에 혹해서 나온 듯했다.

도로변 리어카에서 붕어빵 장사하시는 아주머니와 함께 부스

앞에 서 있던 그 새댁이 나를 보더니 모여든 사람들 틈에 끼어 있는 자신이 멋쩍은 듯 배시시 웃었다.

마이크에 대고 일반 쓰레기와 분류해서 담아야 할 것을 당부하던 남자가 재활용 봉지를 나눠주기 전에 협력업체에서 협찬한 사은품을 주겠다며 투명 비닐봉지를 한 장씩 주더니 거기에 사은품을 담으라고 했다.

비좁은 부스 안에서 바짝 붙어 서서 너도나도 서로 먼저 받으려고 봉지를 든 손을 앞으로 내밀고 있는 틈에 끼어 있으려니 이 사람 저 사람의 구취와 땀내가 범벅이었다. 심지어 담배 냄새와 술 냄새가 진동하여 숨이 막힐 지경이었다. 사은품이라고 나눠준 것을 받고 보니 미량의 더덕 씨앗이 든 봉지다.

더덕 씨앗을 받아봐야 심을 공간이 없으니 그런 것 말고 애초에 나눠주겠다는 재활용 봉지나 얼른 주면 좋겠는데 홍보하는 중간에 자신이 홍보한 내용을 숙지하였는지 확인하느라 몇 번이고 되물었다. 제일 먼저 대답한 사람이나 크게 말한 사람에게 더덕 씨앗을 한 봉지 더 담아 주니 그거라도 더 타려고 열심히 귀를 기울이며 묻는 내용에 대한 답을 큰 소리로 합창했다.

약속한 5분은 30분이 훌쩍 넘었는데 여전히 협력업체 운운하는 것으로 보아 말이 길어질 게 뻔했다. 방송으로 쓰레기 분리수거를 들먹여서 난 당연히 구청에서 홍보하러 나온 줄 알았는데 아니었다. 구청과는 아무런 관련도 없고 재활용 봉지를 나눠주겠다는 것은 사람들을 불러 모아 특정 제품을 홍보하기 위한 얄팍한 미끼에 불과했다.

이왕 나온 김에 뭐라고 하는지 끝까지 지켜볼 심산이었지만,

좁은 부스 안에 감돌고 있는 역겨운 냄새가 견딜 수 없어 부스 바깥으로 빠져나왔다. 살랑살랑 부는 바람에 심호흡하며 맑은 공기를 마시고 나니 좀 살 것 같았다.

딱 5분에 걸쳐 한 달 분량의 재활용 봉지를 나눠준다는 말만 믿고 다들 바쁜 일손을 미루고 나왔던 것일 텐데 특정 제품에 대한 홍보는 좀처럼 끝날 기미가 안 보였다.

오기로 끝까지 지켜보고 있으려니 너무 따분하여 리모델링 사무실의 새댁과 포장마차에서 수작이 뻔한 결말을 주고받으며 어묵을 먹었다. 그때까지도 끝나지 않은 선전이 포장마차에까지 들렸다.

"여수, 목포에서 많은 사람에게 맛을 보시라고 소량이나마 열흘분을 공짜로 나눠줬는데, 아무리 좋은 제품이라도 솔직히 열흘 먹어보고 큰 효과는 보지 못하기 때문에 이곳 광주에서는 단 몇 분이라도 효과를 보라고 삼십만 원짜리 홍삼엑기스를 감사의 뜻으로 딱 네 분한테만 한 병씩 나눠주겠습니다. 여기 계신 분 중에 혈압 높으신 분 안 계세요? 혹시 당뇨 있으신 분? 그런 분들은 꼭 드셔야 하니 주저하지 말고 손을 드세요! 딱 네 사람한테만 공짜로 드릴 테니 부담 없이 드시고 효과만 얘기해주면 됩니다. 어디 희망하실 분 안 계세요?"

그러면서 자신의 한 손을 높이 들고 좌우를 두리번거렸다.

예전에 시골 장터에 가면 유랑 국극단이 대형 천막을 쳐놓고 구성진 판소리가 가미된 창극의 중간에 약 선전하였던 게 생각났다. 지네나 굼벵이를 말려 빻은 가루를 몸에 좋은 약이라고 해도 다들 혹할 정도의 사탕발림으로 군중 심리를 자극하였다. 그래도 그때는 화려한 의상과 분장, 애절한 소리와 춤으로 심금을 울리는 창극 보는 재미라도 있었다. 그런데 재활용 봉지를 나눠 준다는 말에 혹시나 하고 왔다가 역시나, 하는 속은 느낌이 들었을까. 그런 상술은 많이 봐 와서 다들 심드렁하였는지, 요즘 같은 세상에 누가 비싼 제품을 공짜로 주겠냐 싶어 아무도 선뜻 호응을 하지 않았다. 사람들이 하나둘씩 자리를 이탈하기까지 했다.

이제까지 침을 튀겨가며 열을 내서 홍보했던 그 50대의 남자가 지원을 안 할 사람은 얼른 돌아가라고 신경질적으로 말하자 분위기는 삽시간에 썰렁해졌다.

"재활용 봉지는 언제 줘요?"

끝까지 남아 있던 사람들 가운데 한 사람이 나섰다.

오랫동안 기다렸던 시간이 아까웠던 듯했다. 그러자 이미 줄 사람은 다 나눠줬다고 인상을 구기며 얼른 가라고 손사래 쳤다.

언젠가 그릇 선전할 때도 그렇고, 신토불이 국수 판매업체에서 나왔다고 했을 때도 그와 비슷한 경험했던 씁쓸한 기억이 있으면서 또 당하다니, 공짜 좋아하면 머리 벗겨진다고 했는데 그래서 내 머리가 휑해졌을까?

아무리 제품 홍보도 좋지만 그렇게 눈 가리고 아웅 하는 식으로 서민들을 우롱하여 피해를 주는 홍보는 하지 않아야 하는데, 다른 곳에 가서 또 얼마나 입에 발린 말과 미끼로 만병통치약인 것처럼 포장하여 몸에 좋다는 말에 귀가 얇아진 노인들을 등쳐 먹으려 할지 심히 염려스럽다.

김인수 qpfm52@naver.com

살릴 방법이 없을까
오이가 노각이 되는 줄 알았다
독거노인 백만 세대
바람 불어 좋은 날

살릴 방법이 없을까

"언니, 어떻게 하든 살길이 있으면 무슨 방법이라도 찾아야 하잖아?"

하루에 몇 번씩 언니와 통화한다.

언니는 머리 싸매고 누웠다. 형부까지 초기 치매의 모습을 보이니 젊은 시절 그리도 열심히 살아온 시간들이 물거품이 되는 것 같다.

"이모, 며칠 후에 내려갈게요."

수시로 농장에 일이 생기면 내려와 이모를 도와주고 올라가던 조카가 많이 아프다.

제가 건강 해쳤으니 누굴 원망하냐는 언니의 숨 막히듯 토해내는 절규가, 형은 염치도 없는 사람이라며 어머니를 어떻게 이리도 힘들게 할 수 있느냐며 이모한테 터뜨리는 둘째 조카의 말 한마디가 서운하다.

못난 형, 술 중독에 빠져 가정도 제대로 꾸리지 못하고 어머니 의지하며 지내왔어도 둘째 조카의 한마디에 가슴이 벌렁댄다. 혼을 낼까? 무어라 야단을 쳐야 하는가? 그래도 형인데.

어머니의 첫 외손자로 외할머니의 사랑을 한몸에 받던 조카다. 우리 옥토끼가 녀석의 별칭이었다. 이모의 시샘을 받아 우리 언니지 너네 엄마냐? 며 말도 못 알아듣는 어린 조카 샘내는 말을 아가 때 많이 듣던 조카. 그랬던 그 조카가 이제 몸이 부을 대로 붓고 간경화로 인한 후유장애가 내장기관 전체로 번졌다. 복수가 차다 못해 전신이 부어 볼 수가 없을 정도란다.

"이모야, 오지 마라, 와서 보면 너 기절할라."

올라가서 조카를 봐야겠다는 내 말에 언니는 오지 말라 한다.

비를 좋아하는 조카, 비를 너무 좋아해서 비 오는 날이면 날아다니는 이모, 오늘은 비인지 눈물인지, 가슴까지 찬비가 내린다.

이 바보 같은 녀석아! 어쩌면 좋냐! 이 일을.

오이가 노각이 되는 줄 알았다

오월 초 오이 모종을 구입해서 심을 무렵, 화원 사모님이 노각도 심을 것이냐고 물어보셨다. "네? 오이와 노각이 다른가요?"

오이를 제때 안 따 노랗게 변했다가 노각이 되는 것이 아니냐고 반문을 하였더니 "아이고! ㅎㅎㅎ 노각은 일반 오이와 다른 노각 모종을 심어야 한다우." 하신다.

의문이었다. 십 년 전 고지리 농장에서 오이를 수없이 많이 심어 닥스훈트들을 먹이던 때 노랗게 변한 굵은 오이를 갖고 노각이라며 가늘게 채 썰어 갖은양념과 고추장으로 버무려 약간 새콤하게 식초 몇 방울 떨어뜨리어 정말 맛나게 먹었던 그 오이가 노각이 아니었다는 것이 이해가 안 가는 어이없음 비슷한 느낌을 받았다.

화성의 모종 판매하는 곳에 가서 노각이 따로 있으면 열 개만 달라고 했다. 겉으로 보기에 오이보다 잎사귀가 밋밋하고 약간 노란 것이 다른 느낌이 들었다. 이 나이 먹도록 오이와 노각을 같은 것으로 생각하고 있었다는 것은 내가 얼마나 식물에 관심이 없었는지를 그리고 시골살이 이십 년에 이제야 노각과 오이를 구분하게 되었다는 것을 여실히 증명하는 것이다.

오이는 항시 보아왔던 가늘고 긴, 오이 줄기에 매달려 있을 때는 찌를 듯한 가시가 몸통 전체에 있다는 것을 새롭게 알게 되었다. 그리고 며칠 전, 오이보다 늦게 모종을 심은 노각에서 한두 개씩 줄기에 오이꽃이 피었다가 작은 열매가 열리기 시작하였다.

"정말 신기해, 어쩜 이렇게 통통하고 귀엽게 생겼을까?"를 연발하며 노각을 묻어놓은 곳에서 하나, 둘, 세어가며 처음 보는 노각의 귀여운 모습에 그만 반해버렸다. 나는 바보인가 봐, 지금까지 노각이라고 사다가 먹었던 그 오이가 매일처럼 따는 일반 오이로 알고 있었으니.

싱싱한 오이를 요즘은 하루에 60개 이상씩 따고 있다. 며칠째 그렇게 따고 있다. 딸아이한테 오이지 담근 것을 한 통 갖다주었고, 귀엽게 생긴 토종 항아리를 구입하여 그 안에 300개에 가까운 오이지를 담아 놓았으니 욕심도 별나다. 겨울까지 먹을 것이라며 오이지만 갖고 요즘 밥을 먹고 있다. 닥스훈트 녀석들은 이제 오이 맛을 제대로 아는 것 같다. 오늘도 오이를 적당히 잘라 나누어 주었다. 60개 이상의 둥실하게 살찐 오이라 수분도 많고 싱싱하게 바로 딴 오이라 더 맛이 있는지 사료를 줄 때와는 달리

빨리 달라며 소리도 지르고 던져주면 서로 빨리 뛰어가 먹으려 난리도 아니다.

내년에는 300개의 모종을 심어 더 넉넉하게 먹일 것이라며 큰 포부라도 지닌 듯 신나 하니 나날이 오이가 더 잘 열리는 것 같다. 주인이 예뻐하면 식물도 잘 자라는 것이 분명하다. 귀엽고 곱게 생긴 애호박이 호박꽃 아래에서 자라고 있다. 이제 두 개째 따다가 한 개는 호박 부침을 만들어 먹었고 한 개는 된장찌개를 해서 먹었다. 풋고추를 송송 썰어 넣은 호박된장찌개는 정말 다른 맛이다. 우리가 심어 놓은 호박 모종이 자라서 열린 호박이니 당연히 다를 수밖에.

손바닥만 하게 만들어 놓은 밭에서 피어나는 자연과 만남의 즐거움은 이런 것이다. 올여름은 노각도 새롭게 알게 되었다. 일반 긴 오이보다 더 귀엽고 통통하게 생긴 것이 나날이 커진다는 것을, 나날이 빠르게 자란다는 것을 알게 되었다.

독거노인 백만 세대

무섭게 내리던 비 때문에 몇 시간 동안 TV가 수신 미약으로 나오지 않았다. 유선으로 들어오는 것과 달리 스카이라이프 접시 안테나로 들어오는 TV 수신은 비 오는 날은 좋지 않다. 네 시 반쯤 그대로 켜 놓았던 mbn 뉴스가 눈에 들어온다. 요즘 독거노인 세대가 백만 세대가 넘었다는 보도다.

백만 세대, 백만의 노인들이 혼자 살고 있다니 어찌 이런 문제가 우리나라에 언제부터 있었던가 싶다. 자식이 있어도 노인들이 자식과 살면 서로가 불편하다며 혼자 살기를 고집할 수도 있고 자식들이 홀로된 노모나 노부를 부양할 마음조차 갖지 않는 것도 볼 수 있다. 혼자서 지내다 아프면 어떻게 할까?

문득, 곧 닥칠 노후 문제가 마음을 흔들어 놓는다. 우리 역시 독거노인으로 갈 수 있을 것 같다. 이렇게 둘이 지내다 한 사람이 세상 뜨면 독거노인이 되는 것이 아닌가? 이웃 농원도 우리보다 몇 살 위의 부부께서 운영하시고 자식은 몇 달 동안 두어 번 왔다 간 것을 보았다. 자식들이 오는 날은 잔치하는 날처럼 분위기가 밝아져 사람 사는 즐거움을 엿보게 된다. 자식들이 갈 때는 농사지은 채소나 곡식을 바리바리 싸서 차 안에 실어주는 모습을 보게 된다. 시골살이 20년을 했어도 이렇게 농사지어 자식을 나누어 주는 모습을 직접 본 것은 올해 처음이다.

우리 아이들은 강아지들 때문에 이곳이 완전히 안정되면 오라는 것은 내가 한 말뿐인 것이고 오고프면 오는 것이지 왜 안 오느냐는 심하게 불편한 마음을 딸아이한테 드러내 놓고 말한 적도 있다. 교통이 불편해서도 핑계이고 바빠서도 핑계다. 엄마가 오지 말라고 해서 안 간 것이라며 억울한 심정을 토로하는 딸아이를 이해하려 하면서도 은근히 서운하고 은근히 섭섭하다. 그리고 화도 난다. 변덕스러운 내 마음이다. 온다 하면 애들하고 힘들게 오지 마라 하고 새끼 낳고 있는 모견이 있으니 다음에 오라 한 것도 나다.

요즘은 갓 딴 호박을 채 썰어 밀가루 반죽을 적당히 해서 부침개를 자주 해 먹고 있다. 호박 부침개를 먹을 때마다 나는 친정엄마께 왜 더 자주 부침개를 못 해드렸나를 후회한다. 부침개 한 점 먹으면서 엄마와 먹던 시간을 떠올린다. 호박, 양파, 풋고추, 파와 부추를 알맞게 썰어 넣고 만든 따끈한 부침개는 항상 목에 걸린다. 엄마의 슬픔이 내 슬픔이 될 것이고 엄마의 외로움이 나의 외로움이 될 것이다. 엄마는 얼마나 외롭고 서운하셨을까.

엄마의 고향을 어느 해 찾아가면서 어찌나 많이 울었던지 오빠 얼굴, 남편과 올케언니 얼굴을 마주 보기 어려웠던 시간이 있었다. 동네에서 알아주던 효자 아들이 제 식구 모두 데리고 미국 이민 길에 올랐을 때 서운함을 넘어서 아들에 대한 실망과 노함이 결국은 오빠를 모두 잊게 만들었다. 엄마는 내면에서 오빠를 지워버렸다. 돌아가실 때까지 그리도 깊이 사랑하던 아들을 못 알아보셨으니 이처럼 큰 비극이 어디 있을까?

요즘 독거노인들의 자녀들한테 노부모에 대한 어떤 책임감이 있을까 묻고 싶다. 노인 문제가 앞으로 사회 문제가 될 것이다. 오늘의 젊은이가 내일의 노인이다.

자신은 노인이 되지 않을 것으로 생각하는 오류는 범하지 말자. 노인 문제는 근본적인 해결을 해야 한다. 오가지 않는 아들이 호적상에 있어 나라의 보조금조차 받지 못하는 노인이 있다고 한다. 오늘의 노인들 어려움을 내일의 노인들이 편안한 생활을 할 수 있도록 보호해야 할 것이다.

바람 불어 좋은 날

세 살 버릇 여든 간다더니 내 이상스러운 집념은 이 나이가 되어서도 여전히 발동하여 이제 화분에 정신이 팔렸나 보다. 어려서부터 그 집념은 대단한 고집스러움으로 비쳤겠지만 나름대로 나는 하고픈 일 끝까지 해본다며 열심이었으니 그리 나쁜 것 같지는 않은데 지금 하고 있는 이 직업도 닥스훈트에 완전 푹 빠져 녀석들 매력의 무한함에 탄복을 하며 열중하고 모든 것을 다 바칠 것처럼 이십 년을 넘게 보내었다. 미국의 오빠는 강아지들 키우다 인생 다 보냈다며 딱한 마음을 보여준다. 하지만 나는 그때마다 "오빠, 나는 그래도 지금이 좋아, 그냥 이 아이들과 함께하는 생활이 조금 자유가 없다 뿐이지 괜찮아."하며 똑같은, 거의 매번 비슷한 대답을 한다. 오빠 닮아 그렇다는 말을 하기도 한다. 오빠 어릴 때 땅에 박힌 돌멩이를 꺼낸다며 흙바닥에서 큰 돌을 꺼낼 때까지 땅 파기를 하다 어스름 저녁이 되기도 했다는 엄마 말씀이 생각난다. 한 우물 파야 성공한다던 오빠의 젊은 시절 충고 때문인가 싶기도 하다. 너는 말을 잘 하니 아나운서나 기자가 되었으면 좋겠다던 오빠의 막냇동생이 그만 강아지 엄마가 되었다.

바람 불어 좋은 날, 요 며칠간은 화원에 왔다 갔다 하며 식물바람에 빠진 예전의 내 모습을 보고 있다. 큰 나무가 무섭다며 뛰어나오곤 했지만 몇 번 화원 안에 들어가면서 계속 일부러 쳐다보았다. 사나운 개를 만났을 때 눈빛에 밀리면 물릴 수 있다는 것을 알고 있고 무섭다는 마음을 개한테 들키면 절대 안 된다는 생각을 하면서 나는 무섭지 않다는 최면 비슷한 것을 마음으로 자신한테 걸면서 습지에 온 듯 고온다습한 공기를 접하며 수없이 빼곡히 들어앉아 주인 행세를 하고 있는 식물들을 보며 나는 너희들 중 누군가를 데려갈 것이라며 제법 마음 다잡고 그 길고 긴 60미터 화원을 몇 번을 남자 걸음으로 용감하게 왔다 갔다 했다.

처음부터 내 눈에 꼭 들어오는 벵갈고무나무가 있었다. 키는 2미터 좀 넘었고 나무 둥치도 다른 벵갈에 비해 굵다. 이십 년은 키워야 되는 굵기라는 열대지방에서 수입되어 한동안 화원에서 성장한, 새순이 계속 나오는 게 눈에 보이는 아름다움이 돋보이는 나무가 머릿속에 계속 있어 다른 나무는 눈에 들어오지 않는다. 마치 1990년대에 수입되어 들어오는 닥스훈트가 있다면 밤이고 낮이고, 눈 혹은 비가 와도 남편과 백화점에서 운영하던 수족관도 비워둔 채로 닥스훈트가 있다는 어딘가로 달려가서 마음에 들면 어떻게 하든 데리고 와야 하고 그날 비용 문제로 못 데리고 내려오면 계약금이라도 주고 와야 직성이 풀리는 닥스훈트 바람이 잔뜩 들어 한마디로 미쳐있었던 그때의 그 기분, 그 모습이 되었다. 남편이 그러면 나는 자제를 해야 하는데 우리는 똑같은 바람이 잘도 든다.

처음 바람은 금붕어 바람이 들었었다. 다행히 허풍 바람이 아니었고 공부하며 열중하는, 정성을 쏟아 붓는 바람이 들었다. 금붕어 세 마리가 어느새 잉엇과로 접어들었고 친구 언니한테 얻은 셀핀모리 한 쌍이 내 마음을 잡아끌어 청계천 열대어 수입 어장을 수도 없이 오르내리며 온갖 열대어에 관한 연구를 하며 물밑 조경까지 나름 열심히 연구하게 되었던 금붕어 바람이 열대어 바람으로, 그리고 닥스훈트에서 이제 식물 쪽으로 마음이 쏠리려 하는 식물 바람이 들었다.

수족관을 운영한 세월이 십여 년, 견사를 운영한 세월이 이십여 년, 화분은 그냥 취미로 하기로 마음먹었다. 아마도 끊임없는 식물 바람 속에서 몇 년을 보낼 것 같다. 워낙 식물도 예뻐하는 마음을 어려서부터 갖고 있었고 새싹이 나오면 그 싹이 올라와 자라는 모습까지도 놓치지 않으려 지키고 앉아있기도 했던 집념의 성격이 나이를 먹으면서도 그대로 남아있다. 꼼꼼한 남편은 아마도 화원을 드나드는 횟수가 많아질 것이고 그림을 그리던 사람이라 균형 있게, 아름답게, 전망이 있는 화초들을 잘 골라 올 것이다. 언제인가 만약 이사를 하게 되면 어떻게 하려고? 했더니 한차 싣고 가면 된다는 이야기를 한다. 둘이 똑같이 바람이 불었다.

지루하기만 한 갇힌 공간에서 강아지들과 씨름하기도 바쁜데 이제는 여러 모양을 갖고 있는 식물에까지 관심이 고조되고 있으니 조금은 걱정스럽기도 하지만 어찌 보면 동물과도 아주 잘 어울리는 것은 아닐까 싶다. 식물이 있는 곳에 강아지들이 있으면 더 건강할 수 있다.

우리 그냥 지금 있는 것만 잘 키우면 어떨까, 재미있고 생활에 탄력이 생겨 괜찮기는 한데 너무 지출이 많이 되면 안 되지 않을까 하는 말을 하고 싶은데 화원으로 가면 내가 더 좋은 것 타령을 하면서 갖고 싶어 하니 문제다. 닥스훈트 욕심에 밤잠을 못 자며 새벽부터 데리러 가던 젊은 시절의 내 모습이 떠오른다. 이제 그런 바람은 그만 불어야 될 것 같다.

김진호 jino1956@hanmail.net

그립고 보고 싶은 울 엄마
방을 나갔던 아내가 돌아왔다
자연스럽게 사랑 표현하기

그립고 보고 싶은
울 엄마

어려서 철없던 시절 학교 수업이 끝나고, 집에 오면 반겨주는 이 하나 없이 텅 빈 집이 싫어 집에 들어오기가 싫었답니다. 길지 않은 학교생활 동안 입학식과 졸업식 등 학교행사에 단 한 번도 함께하지 못하시고 장사를 해야만 하셨던, 엄마의 애타는 마음을 조금도 헤아리지 못하고 엄마를 원망했답니다. 노점에서 장사하시는 것이 부끄럽고 창피해서, 가까운 친구들한테조차 감추고 숨겼답니다. 도시락도 제대로 못 챙기고 등록금도 제때 못 내서, 거의 매일 담임선생님한테 교무실로 불려 다니며, 친구들 앞에서 망신당하는 날이 비일비재해 공부조차 하는 것이 싫어서 안 했답니다. 학교 가기 싫을 정도로 지긋지긋한 가난을 못 벗어나는 것이, 엄마의 잘못인 것처럼 엄마 탓을 하며 수없이 많은 원망을 했답니다.

바로 그 못난 자식이 엄마 살아생전 편안히 해드리지도 못했습니다. 엄마가 세상을 떠나신 후에야 바보같이 잘못을 빌고 있습니다. 그리워한다고 무슨 소용이 있으련만, 그래서 더욱더 그립고 보고 싶은 울 엄마. 못나고 철없던 생각으로 엄마를 원망했던 잘못을 용서해 주세요. 나이가 들어서는 엄마라는 이름보다는 어머니라고 불렀던 울 엄마.

한없이 그립고 보고 싶고 사랑합니다. 그리고 존경합니다. 울 엄마!

몇 해 전 가을, 큰아들이 본사가 여의도에 있는 회사에서 광화문에 있는 회사로 전직을 했다. 새로 옮긴 회사도 구경시켜 드릴 겸 점심을 같이하자고 연락이 왔다. 아내와 같이 오랜만에 광화문 쪽으로 겸사겸사 시내 나들이를 하기로 했다. 점심시간에 맞춰서 약속을 정하고 집에서 나섰다. 평일 한낮 시간으로 도로가 한산해 생각 외로 빨리 큰아들 회사 앞에 도착해서 주변을 산책하고, 사진도 찍으면서 큰아들을 기다렸다. 약속된 시간이 되어 사무실에서 나온 큰아들과 가까운 곳에 있는 남도 한정식집으로 가서, 연포탕과 보리굴비로 맛있게 식사를 했다.

식사를 마친 후 후식으로 커피와 빵을 판매하는 제빵소에 들어가서 몇 가지의 빵과 커피를 사 들고, 큰아들 회사 일층 로비로 가 빵을 먹으며 커피를 마셨다. 건물 전체를 회사가 소유한 사옥으로, 회사 직원들이 자유롭게 이용할 수 있는 로비에는 여러 종류의 책들이 있는 책장과 의자 등 휴게시설이 있어 잘 꾸며진 카페 같은 분위기였다. 휴식시간에 직원들이 독서도 하고, 커피를 마시며 외부에서 고객이 방문했을 때 미팅 장소로도 많이 이용한다고 했다. 건물 외부에서 보기에 영업하는 일반 카페와 같이 내부 장식이 고급스러워, 지나가는 일부 사람들이 회사 로비 층인 줄 모르고 들어오는 경우도 종종 발생한다고 했다.

점심시간이 끝나 큰아들은 근무하러 사무실로 올라가고, 아내와 나는 근처에 있는 경희궁에 갔다. 초라한 모습의 경희궁에 과거 일제 만행이 떠올랐다. 지금도 일제 강점기 때 훼손된 경복궁 등 조선 시대 궁궐을 계속 복원하고 있는데, 경복궁과는 다르게 경희궁 주변은 현대식 건물들이 들어서 있어, 경희궁 터 자체가 거의 없어진 상태로 원형으로의 복원은 요원할 것 같아 아쉬움이 더했다. 극히 일부분만 남아 있는 경희궁 관람을 마치고 바로 앞에 있는 서울 역사박물관으로 발걸음을 옮겼다. 서울의 변천사를 한눈에 볼 수 있도록 달동네 모습들과 생활용품을 종류별, 시대별로 전시가 잘 되어 있었다. 전시물을 보면서 지난 육십~칠십 년대 달동네에서 어렵게 생활했던 모습들이 눈에 선했다.

오래되어 빛바랜 사진 속의 인물들과 풍경들, 그리고 그 시절 구멍가게와 선술집 등을 드라마 세트장처럼 만들어 전시해 놔서, 그 시절로 돌아간 듯 감회가 새로웠다. 역사박물관 이곳저곳을 관람하다가 문득 한곳에 시선이 가면서 발걸음을 멈추고 한참을 바라보았다. 지금은 재개발되어 옛 모습은 흔적도 없이 사라진 청계천 세운상가와 육교를 본떠서 만들어 놓은 전시물이 있었다. 육교를 보는 순간 돌아가신 엄마의 얼굴이 커다랗게 떠올랐다. 그 순간 눈물이 나려는 걸 가까스로 참고 저만치서 다른 것을 관람하던 아내를 불렀다. 다가온 아내에게 세운상가 육교 위를 가리키며, 바로 여기가 엄마가 노점상 하시던 장소라고 말해주었다.

1967년 봄 내가 초등학교 오 학년 때 부모님과 오 남매, 우리 집 일곱 식구는 충청도 고향 땅을 등지고, 서울에 있는 삼양동 달동네로 이사를 왔다. 선친께서는 고향 면사무소에서 서기로 근무하셨었다. 엄마는 농사를 지으시며 그럭저럭 잘 살았는데 어찌 된 영문인지는 모르겠고, 갑자기 가족 전체가 서울로 이사를 오게 되었다. 어린 시절 갑자기 서울로 이사하게 된 사연은 부모님 돌아가시기 전까지도 몰랐으니 지금도 모르고 영원한 수수께끼다.

고향에서 면사무소 공무원이셨던 선친께서는, 세상 물정을 잘 몰라 서울로 이사한 후 이 년도 채 안 되어 지인의 사기로 사업에 실패하셨다. 전 재산을 잃고 집안 살림이 갑자기 기울어지면서 하루하루 힘든 시기를 보내게 되었다. 어떤 날은 식구들 먹을 밥이 모자라서 두 그릇이 채 안 되는 밥을 한 솥 가득 물을 부어 죽처럼 멀겋게 끓여, 고춧가루만 넣고 볶은 소금뿐인 반찬으로, 일곱 식구가 둘러앉아 나누어 먹을 정도로 지긋지긋하도록 찢어진 가난한 삶이었다.

당장 식구들 끼니조차 해결하기가 힘들었고 날이 갈수록 살림이 어렵게 되었다. 겨울철에는 연탄값을 아끼느라 방바닥이 따뜻할 겨를이 없어, 방 안 사방 벽은 손바닥 두께만큼 두껍게 하얀 성에가 눈꽃처럼 피었었다. 방 안에 앉아 있어도 손과 발이 시려 방바닥에 항상 깔아 놓은 이불 속에 넣고 있었다. 입에서는 하얀 입김이 나왔고, 방 안에 놓아둔 물걸레와 대접의 물이 꽁꽁 얼 정도의 추운 방에서 혹독한 겨울을 지내곤 했다.

오 남매나 되는 자식들은 아직 어렸고 초등학교, 중학교, 고등학교에 다니고 있어서 어머니께서 시작하신 일이 노점상이었다. 맨 처음 시작하신 노점은 한여름 휴가철에, 지금은 없어진 정릉 청수장 유원지 앞에서 어머니께서 직접 만드신 식혜를 내다 파셨다. 장사 경험도 없이 처음 하시는 장사라서 벌이는 신통치 않았다.

정릉 유원지 앞에서 시작된 노점상은 엄마가 아시던 분의 소개로 청계천 세운상가 육교 위로 장소를 옮기시면서, 그리운 엄마의 길고 긴 고난의 노점상 역사가 시작되었다. 더우나 추우나 비가 오나 눈이 오나 세운상가 육교 위에서 찬 바람 맞으시며 노점상을 하셨다. 오로지 가족들 생계를 위해 엄마라는 이유로 일 년 사시사철 새벽부터 자정까지 손발이 다 닳고 얼어 트시도록, 매일 시꺼먼 매연을 뒤집어쓰시면서 고생하셨다.

시도 때도 없이 구청 공무원과 경찰들이 불법 노점상을 단속하는 바람에 노점상마저도 맘 편히 못 하고, 피해 다니시다가 단속 경찰에 붙잡히시어 물건도 빼앗기고, 며칠 장사한 돈을 벌금으로 내시곤 하셨다. 어떤 날은 단속에 걸려 차디찬 경찰서 유치장에서 밤을 지새우시고, 가족들의 생계를 위해서 그다음 날 또다시 노점 좌판을 펴셨다. 자정부터 다음 날 새벽 4시까지 통행금지가 있던 시절이라 자정이 다 되어 정릉이 버스 종점인 막차를 겨우겨우 타시고 집에 오셨다. 그것도 맨몸이 아니라 다음 날 파실 물건을 머리에 이시고, 숨이 턱에 차시도록 힘들게 정릉 고개를 넘으셨다. 집에 오셔서 식은 밥과 푸성귀 반찬으로 허기진 배를 채우시던 울 엄마 모습이 지금도 눈에 선하고 그립다.

1970년대 초까지도 삼양동 달동네까지 다니는 대중교통이 없었다. 정릉 버스 종점에서 걸어서 고개를 넘어오는 방법밖에 다른 수단은 없던 시절이었다. 노점에서 파시던 품목은 계절별로 바뀌었다. 그때 당시로는 생소하고 귀했던 바나나도 파셨다. 며칠씩 팔아도 못 팔아 시커멓게 물렁물렁해진 바나나가 아까워 버리지 못하고 집에 가지고 오시면 식구들이 나눠 먹었던 기억이 난다.

노점에서 파셨던 품목으로는 바나나, 옥수수, 밤, 소라라고 하는 바다 다슬기, 번데기, 복숭아, 귤 등이었다. 그나마 바나나와 복숭아, 귤은 도매상에서 사다가 파시고 그날 다 못 파시면, 보관소에 보관료를 내고 보관한 후 다음 날 찾아서 다시 팔면 되었다. 상하거나 색이 변해서 도저히 팔 수 없는 바나나와 복숭아, 귤은 집에 가지고 오셔서 식구들이 나눠 먹었다.

옥수수, 알밤, 바다 다슬기, 번데기는 집에 가지고 오셔서, 밤새 삶아 다음 날 새벽 머리에 이고 나가셔서 파셨다. 알밤은 네다섯 개씩 실을 바늘에 꿰어서 묶어야 했다. 갯벌 진흙으로 잔뜩 범벅된 바다 다슬기 자루의 무게는 건강한 성인 남자가 혼자 들기에도 버거울 정도로 무거웠다. 그 버거운 무게의 다슬기 자루를 머리에 이시고, 한밤중에 정릉 고개를 넘어오셔서, 깨끗한 물로 여러 차례 씻고 삶았다. 삶아진 다슬기를 식구들이 둘러앉아 펜치 등 연장으로 끄트머리를 자르는 일은 시간도 오래 걸렸고 결코 쉬운 일만은 아니었다.

백오십 센티도 채 안 되는 자그마한 체구로, 수십 킬로그램의 바다 다슬기 무게보다 더 무겁고 힘든 삶의 무게를 머리에 이시고, 헤아릴 수 없이 정릉 고개를 넘어 다니신 엄마라는 이름의 그리운 울 엄마. 그 시절 혹사하신 후유증으로 양쪽 무릎에 관절염 걸려 잘 걷지도 못하셨다. 허리 디스크가 튀어나와 평생 고생하시다가 말년에 허리 수술도 하셨다. 협심증이라는 지병도 같이 얻으셔서 조금만 움직여도 거친 숨을 내쉬셨다. 결국에는 그 지병 또한 말년에 심해지셔서 어느 날 갑자기 급성심근경색으로 쓰러지셨다. 한마디 말씀도 제대로 못 하시고 대학병원 중환자실에서 이틀 만에 허무하게 돌아가셨다.

한 많은 인생 마감하신 그립고 보고 싶은 불쌍한 울 엄마.

방을 나갔던 아내가 돌아왔다

아내와 나는 체질적으로 완전히 다르다. 먹는 음식부터 시작해 계절별로 느끼는 체감온도가 서로 다르기에 때로는 다소의 불편함이 따를 수 있다. 서로가 다름을 서로 인정하고 조금씩 양보하면서 사십 년 넘는 세월 동안 같이 살아온 것이다.

앞으로도 매년 여름마다 본의 아니게 각방을 쓰고, 가을이 되면 방을 나갔던 아내가 돌아올 것이다. 여름철마다 각방을 쓰고 있지만 늘 곁에 함께 있기에 행복하고, 서로 사랑하는 마음 변함이 없을 것이다.

일상생활에서 느끼는 불편함 중에서 가장 큰 문제는 아내와 내가 체질적으로 다르다는 점이다. 아내는 속이 차가운 체질인 소음인이고 나는 속이 뜨거운 체질인 소양인이다. 먹는 음식이 다른 것은 물론이고, 더위와 추위를 느끼는 체감온도도 다르다.

나는 뜨거운 음식이든지 차가운 음식이든지 가리지 않고 먹는다. 뜨거운 음식을 먹으면 땀을 많이 흘려서 주로 찬 음식을 먹거나 찬 음료를 마시는데 그래도 탈이 없다. 아내는 찬 음식을 먹거나 찬 음료를 마시면 곧바로 목과 위장에서 이상 신호가 온다. 찬 음료를 마시면 목에 알레르기 반응이 와서 심할 경우 목이 붓기도 하고 며칠씩 기침을 하곤 한다. 집에서는 물론이고 외식을 할 경우에도 음식 선택에 신경이 쓰인다. 집에서 고기를 먹을 때에도 나는 찬 성질을 가지고 있는 돼지고기를 먹고, 아내는 뜨거운 성질을 가지고 있는 닭고기를 먹는다. 그래서 두 종류의 고기를 준비해 서로 다른 고기를 같은 식탁에 앉아서 따로 먹는다. 다행히 소고기나 오리고기는 중간 성질이라 같이 먹어도 별 탈이 없다. 고기뿐만이 아니라 생선 종류도 다르고 마늘 고추 등 채소 종류도 다르다. 둘이 서로 다름을 알기에 서로에게 맞는 것을 따로 먹는다. 나는 닭고기를 몇 점 먹으면 열이 나서 그날 밤에 자면서 땀으로 목욕을 할 정도다. 아내는 돼지고기를 먹으면 곧바로 화장실로 직행할 정도로 몸에 안 맞는다. 돼지고기와 닭고기는 우리 부부에게 극과 극의 대표적인 음식이다.

더위와 추위를 느끼는 체감온도도 달라서 봄과 가을에는 크게 별다른 문제가 없다. 여름과 겨울에는 냉방 온도와 난방온도로 약간의 문제가 발생하는데, 서로에게 맞는 절충안으로 슬기롭게 지내고 있다. 무더위가 기승을 부렸던 올여름에도 아내와 둘이 있을 때는 거의 에어컨도 가동하지 않고 나 홀로 선풍기를 끼고 살다시피 했다. 열대야가 기승을 부릴 때는 두세 차례 안방만 에어컨을 가동했는데도, 아내는 에어컨 바람이 닿지 않는 방 한쪽으로 피해 두꺼운 이불을 덮을 정도였다.

여름철에 아무리 더워도 아들 며느리 손주들이 올 때만 에어컨을 가동했다. 아내와 둘이 있을 때는 될 수 있는 한 에어컨은 사용을 안 했다. 나는 밤새 선풍기를 틀고도 창문을 열어놓고 이불도 안 덮고 잔다. 아내는 그조차도 견디기 힘들어 다른 방으로 이불 등 침구류를 들고 이사를 하는 바람에 본의 아니게 각방을 쓰게 되었다. 다른 방으로 이사한 아내는 창문도 닫고 얇은 이불을 덮고 잔다. 근 석 달 가까이 각방을 쓰다가 이십사절기 중 백로가 지난 후인 며칠 전에야 안방을 나갔던 아내가 안방으로 돌아왔다. 아침저녁으로 기온이 내려가면서 열어놓고 잤던 창문을 닫고 자면서 아내가 제자리로 돌아와 각방 생활을 끝냈다.

선풍기도 안 틀고 창문을 닫았어도 나는 이불을 안 덮고 자는데 아내는 벌써 봄가을 이불로 바꿔서 덮고 잔다.

겨울철에도 난방 온도가 서로 다르다. 밤에 자면서도 아내는 돌침대 바닥에 설치된 난방 히터를 틀어 침대 바닥의 온도를 올려야 잠을 잘 수 있다. 아내가 침대에 들어오기 한 시간 전에 미리 히터를 가동해 침대 온도를 높여주고 있다. 나는 한겨울에도 히터를 가동하지 않아도 추위를 못 느끼고 잠을 잘 잔다. 한 침대에서 잠을 같이 자도 취침 온도가 달라서 이불도 각자 따로 덮는다. 그나마 다행인 것은 돌침대 반쪽씩 온도조절을 따로 할 수 있다는 점이다.

'동상이몽'이 아니라 '동상이온'이다.

자연스럽게
사랑 표현하기

마음속에 담고 있는 사랑이 아무리 많아도 표현하지 않으면 아무런 소용이 없는 것이다. 귀요미들에게 포옹 등 신체 접촉을 통해 사랑을 전해주며 사랑을 느끼게 하고 있다. 대화하면서도 존댓말을 해주고, 사랑한다는 표현을 자주 해 어릴 때부터 자연스럽게 가르쳐 주고 있다.

2010년에 제작된 영화로 얼마 전에 케이블 TV를 통해서 우연히 시청했다. 젊은 남녀 간에 진정한 사랑을 찾아가는 과정을 담은 통상적인 내용이었다. 아일랜드의 작은 시골 마을에서 그곳에 사는 영국인 남자와 그곳으로 여행 온 미국인 여자가 서로의 마음을 알아가는 과정을 그린 영화였다. 남자와 한동네에 사는 나이가 많은 부부들과 함께 저녁을 먹고 있는 장면이 있다. 식사하는 도중에 중년의 부부가 뽀뽀처럼 살짝 입을 맞추는 것을 보더니, 맞은편에 앉아 식사하던 나이가 지긋한 노년의 부부가 잠시 서로를 바라보다가 프렌치 키스처럼 진한 키스를 한참 나누었다.

같이 식사하던 두 쌍의 부부와 젊은 남녀가 쳐다보든지 말든지 전혀 상관하지 않고 둘만이 분위기에 빠져 있었다. 다른 부부들과 두 젊은 남녀는 그들의 행동에 전혀 개의치 않고 식사하며 대화를 나누고 있었다. 한참 만에 키스를 끝마치고는 아무렇지도 않은 표정으로 자기들 부부는

"결혼한 지 사십 년이 넘었는데도 키스할 때는 항상 첫 키스처럼 마지막 키스처럼 한다."

노년의 남편이 자연스럽게 말했다. 그 말을 듣는 순간 머릿속에 불현듯 떠오르는 문구가 있어서 메모지를 꺼내 재빠르게 메모했다.

'키스할 때는 항상
설레면서 달콤한 첫 키스처럼 하고
마지막 키스처럼 아쉬움을 남기지 말고 열정적으로 하라.'

개방이 많이 되었지만 지금도 우리나라는 여러 사람이 있는 공개된 장소에서 노년의 부부나 나이가 든 연인들이 키스를 나누는 모습을 찾아보기가 어렵다. 그렇지만 젊은 연인들 간에는 개방된 공간에서도 자연스럽게 키스를 한다. 사랑의 표시로 포옹도 하고 진한 키스를 하는 모습들이 전혀 어색하지 않은 풍경이 된 지 오래되었다.

서로에 대한 친밀함의 표현으로 '스킨십'이라는 신체 접촉을 많이 하는데 친밀도에 따라 종류도 다양하다. 가장 일반화된 신체 접촉으로는 처음 만난 사이든지 오랫동안 만난 사이든지 남녀를 불문하고 손을 맞잡는 악수다. 악수는 서로 간에 부담을 주지 않고 친밀함을 표현하는 방법이다.

악수 다음으로 살포시 안아주는 포옹이 있다. 사랑과 애정의 표현으로 서로 안아주는 행위인 포옹을 하지만 때로는 위로를 해줄 때도 포옹을 해준다. 상대에게 위로를 해주고 자신도 위로를 받고자 하는 행위이다. 한동안 세계적으로 전혀 모르는 불특정의 사람들을 안아주는 프리허그 캠페인이 유행하기도 했었다. 포옹하는 순간 마음속에서 편안함과 사랑을 느낄 수 있기 때문이다.

동성인 남자들 간에도 포옹은 어느 정도 친밀함이 있어야 가능하지만 웬만해서는 악수로 끝나는 경우가 많다. 여자끼리의 포옹은 남자들이 악수하는 것처럼 자연스럽게 이루어지는 동성끼리 나누는 친밀함의 표현이다. 반면에 이성 간에 포옹은 웬만한 친밀함이 없으면 나눌 수가 없다. 공개된 장소에서의 포옹은 오해의 소지가 많아 서로에게 부담을 줄 수도 있어 망설여지는 경우가 많이 있다.

이성 간에도 친구가 될 수 있어서 자연스럽게 포옹을 하기도 한다. 여자 사람 친구인 '여사친'과 남자 사람 친구인 '남사친'이라는 말이 있다. 여사친과 남사친이라는 말에 거부감을 표시하는 사람도 많이 있다. 이성 간의 친분을 이해하지 못하는 인식의 차이와 편견에 따른 오해인 것 같다. 타인의 편견을 탓하지 말고 자신의 편견부터 먼저 깨트리는 진정한 용기가 필요한 것이다. 서로에 대한 편견이 없어지는 순간 사소한 오해로 인한 거리감이 없어져, 진정한 우정과 사랑을 느끼며 악수와 포옹 등 친밀함을 자연스럽게 표현할 수 있다고 생각한다.

악수와 포옹 다음으로 친밀함을 나누는 행위로 키스가 있다. 키스에도 여러 종류가 있는데 악수나 포옹을 대신해서 존중과 경의의 표시로 공개된 장소에서 여자가 손을 내밀면 남자가 살짝 여자 손가락을 잡고 손등에 가볍게 입을 맞추는 손등 키스로 가장 격식이 있는 키스다. 유럽과 서양권의 나라에서는 남녀노소 모두 악수한 다음에 가볍게 포옹을 하며, 양쪽 볼을 살짝 맞대면서 친밀함을 표시하는 행위를 자연스럽게 한다.

부모 또는 보호자가 어린아이들 이마나 볼에 하는 키스는 친밀함과 유대감을 높여주고, 키스를 받는 어린 자녀들이 정서적으로 안정감을 느끼게 하고 보호받고 있다는 느낌을 준다. 다른 민족 중에는 입술을 전혀 사용하지 않고 서로의 코와 코를 맞대어 문지르고, 이마와 이마를 맞대는 신체 접촉도 있다. 이러한 접촉 또한 상대방 서로와 보호자 자녀 사이에 서로를 향한 친밀감과 애정을 느끼게 한다.

짧은 신체 접촉으로 서로의 애정과 친밀도를 나타내는 키스도 많이 있지만 프렌치 키스처럼 진하게 사랑 행위를 표현하는 키스도 많이 있다. 많은 종류의 키스와 포옹과 같이 신체 접촉을 하는 모든 행위가 서로에 대한 친밀함을 표시하고, 애정을 가지게 하고 사랑을 느끼게 하는 자연스러운 사랑의 표현 방식인 것이다.

대화를 나누어야 상대방의 의도를 알 수 있듯이, 신체 접촉행위를 자주 하면서 사랑을 표현해야 서로에 대한 믿음이 쌓이고 친밀함과 사랑을 느끼게 해준다. 결혼하고 정년퇴직하기 전까지 삼십 년이 넘는 세월 동안 출근할 때마다 아침에 현관 앞에서 아내와 가볍게 입맞춤을 하고 집을 나섰다. 모든 행위가 습관을 들이기 나름이라고 처음에는 어색했는데 습관이 되고 나서는 자연스럽게 입맞춤을 하고 출근했다.

칠십을 바라보는 요즘에도 아내와 나 둘 중에 잠깐이라도 외출하면, 현관에서 포옹하고 키스도 하며 소소한 애정 표현을 한다. 어떤 날은 여러 차례 할 때도 있다. 둘 다 서로 어색해하지 않고 자연스럽게 사랑을 표현하며 살고 있다. 아내와 둘만이 하는 것이 아니라 귀요미들이 우리 집에 오면 현관에서 포옹해 주고 갈 때도 포옹해 주면서

"사랑해요."라고 말해주고 있다.

집이 아닌 장소에서 만나도 포옹해 주면서

"사랑해요."라고 말해준다.

귀요미들도 처음에는 어색한 듯했는데 지금은 먼저 달려와 포옹하면서

"할아버지, 사랑해요."라고 말한다.

자연스러운 사랑 표현도 습관이 되면 전혀 어색함을 못 느끼게 된다.

"사랑해! 귀요미들아."

"사랑해! 내 편 내 짝꿍!"

김현근 bluebird1843@naver.com

나도 다 알고 있어, 그래도…
미술전시회 팸플릿 모아 오기
영업기반이란 것은 얼마나 중요할까

나도 다 알고 있어,
그래도…

"그래, 나도 다 알고 있어, 그래도 이 돈을 당신에게 꼭 받아야겠어. 물어내기 싫어? 정 그러면 나는 이 차액 받지 않아도 돼. 당신, 이 회사 계속 다닐 수 있겠어? 내게 이렇게 채권을 팔아놓고 어떻게 지점장은 되었어?"

참으로 '아닌 밤에 홍두깨'였다. 나는 약 2년 반 전 직전 점포에 근무 중이었다. 내 관리 고객 박 사장에게 소매채권 잔존만기 약 2년 7개월 상품을 3억 매각한 적이 있었다.

"지점장님, 박 사장님이 소매채권을 3억 투자했는데 당시 프리미엄을 주고 사셨네요. 그런데 이제 와서 최종 상환자금에 관해 이의를 제기하고 차액을 물어달라고 하시네요. 직접 통화를 하시지요?"

글로벌 금융위기가 닥치기 약 6개월 전이었다. 오늘 방금 전

내가 바로 전에 근무했던 점포 내 후임 관리자가 내게 급히 알려왔다.

우리 회사는 소매채권을 단순 중개 방식으로 고객에게 매각하는 업무도 취급 중이었다. 최초 발행일로부터 투자를 하는 발행물이 거래가 되지 않는 것은 아니었지만 유통물을 매각하는 것이 대세였다. 그런데 이 유통물을 우리 회사가 시장에서 조달하여 고객에게 매각하는 경우엔 유통금리가 발행 당시의 금리보다 낮은 것이 보통이었다. 즉 채권의 거래가격이 상승했다. 이에 더 나아가 중개를 하는 우리 회사의 중개수수료(보수)를 이에 녹여 고객에게 최종 매각하는 금리가 결정되었다.

이렇게 결정된 매각금리는 고객 입장에선 투자수익률이 되었다. 이 채권의 투자수익률은 물론 과세방식, 이표채 수령일마다 고객이 수령하는 실제 세후 수익금 등을 상세하게 담은 '채권투자분석'이란 양식을 출력하여 빠짐없이 설명을 한 후 고객에게 교부했다. 고객이 매수한 채권 내용에 관한 핵심 내용을 따로 담은 '투자확인서'도 함께 건넸다. 이에 고객의 기명날인(서명)을 받고 신분증 사본까지 첨부하여 전산으로 보관하였다. 내가 이 박 사장에게 이 건 채권을 매각할 당시에도 이 정해진 매뉴얼을 정확히 모두 지켰음은 물론이었다.

소매채권 매각 시 거래단위는 10,000개였고 고객의 투자 수량은 300,000개였으니 투자금액은 300,000,000원이 되는 것이 맞았다. 하지만 이에다 발행금리와 유통금리의 차(스프레드)와 우리 회사의 중개수수료(보수)를 반영하여 실제 투자금액은 302,400,000원을 납입해야 했다. 그러니 박 사장은 실제 단가

10,000원 상품을 80원의 프리미엄을 더하여 10,080원에 매수한 셈이 되었다. @@카드 회사채는 최초 만기 2년으로 발행되었지만 발행 후 경과일을 차감한 잔존만기인 유통물의 실제 투자기간은 535일이었다.

발행 후 지금까지 경과일에 대한 세전(후)이자 금액에 이어 그 후 매 3개월마다 지급되는 금액도 '채권투자분석' 화면을 출력하여 일일이 빠짐없이 충분한 설명을 마쳤음은 물론이었다.

더욱이 최종만기일인 상환일에 고객이 받게되는 세전(후) 상환금 상세 내역은 더욱 강조하여 안내를 했다. '세전 상환금액 = 매수수량 + 세전 이자수입, 세후 상환금액 =매수수량 + (세전 이자수입 - 세금)' 부분은 노란색 형광펜까지 동원하여 덧칠하는 방식으로 각인시켰다.

사장님께서 실제 입금한 금액은 302,400,000원이지만 만기 시 받는 상환금액은 '302,400,000원 + 세후 이자'가 아닌 '300,000,000원 + 세후 이자'라고 특히 강조하여 알렸다. 결국 최초 입금금액에서 2,400,000원의 손실이 발생하는 것으로 보이지만 그 2,400,000원의 차액까지 모두 감안하여 산정한 세전 연 수익률이 연 4.41%라고 목소리까지 높여가며 상담을 마무리했다.

그랬건만 오늘 비분강개하며 우리 점포로 헐레벌떡 달려온 이박 사장은 내게 어깃장을 놓기에 바빴다. 내가 아무리 조목조목 항변을 해보았자 도저히 설득이 되지 않았다. 그저 막무가내였다. 애초 채권 매각 당시 받아 보관 중인 서류와 고객에게 건넨 투자확인서 등의 기억을 아무리 불러내도 전혀 소용이 없었다.

잠시 후 박 사장은 결국 자신의 본색을 드러내고야 말았다. 소매채권 매수 시 상품에 관한 설명을 내게 모두 들어서 잘 알고 있고, 관련 서류를 작성하고 해당 서류에 기명날인(서명)했으며 투자확인서도 건네받은 사실도 맞다고 실토를 했다. 하지만 자신은 '최초 투자원금'에 만기 수령 시 세후 투자수익금을 합한 금액을 기어이 받아내야겠다고 주장을 굽히지 않았다. 결국 그 차액인 2,400,000원을 내게 개인적으로 변상을 하라는 것이 요지였다.

나는 오랜 기간 사법시험 수험생활을 접고 대학원 석사과정까지 거쳐 회사 문을 들어섰다. 그래서 입사동기들 평균연령보다 좀 높은 연식을 자랑했다. 그런데 직장 생활 내내 이것이 커다란 핸디캡이 되어 나를 지속적으로 괴롭혔다.

희망퇴직이란 이벤트가 등장할 때마다 이 '상대적 고령자'란 사실이 내게 치명적인 악재로 작용했다. 혹시라도 살생부 명단에 오를까 보아 전전긍긍하기까지 했다. 그래서 이 회사에서 오랜 기간 늦게까지 살아남기 위해 이 '연식'이외 다른 핸디캡을 더 쌓지 않기 위해 늘 긴장할 수밖에 없었다.

이번 박 사장 건이 만약 감독기관에 정식으로 민원이 접수되거나 재판으로 가더라도 내게 그리 크게 불리할 것 같지는 않았다. 상품에 대한 꼼꼼한 설명과 해당 관련 서류를 완벽하게 챙겼기 때문에 사실 나는 충분한 승산이 있었다.

하지만 그럼에도 내 머릿속엔 꺼림칙한 그림자가 어른거렸다. 민원이나 재판의 결과가 설령 나의 완승으로 마무리되더라도 이런 건이 분쟁으로 이슈화된다는 자체가 내게 결코 유리하게 작용할 것 같지 않았다. 인사기록에 참고자료로 남을 가능성이 염려되었다. 게다가 100% 박 사장 측 패배로 결론이 나더라도 이 고객은 이런 결과에 승복하지 않고 정상적인 절차 이외 다른 방법으로 나를 지속적으로 괴롭힐 가능성이 매우 높아 보였다. 그래서 나는 회사가 구조조정 시즌마다 마련하는 살생부에 오를 가능성을 아예 사전에 차단하고 싶었다. '회사 측은 핑계가 없어서 자르지 못한다'는 말이 항상 자연스럽게 떠도는 분위기가 상존했기 때문이었다.

"사장님, 제 어깨를 잡고 제게 체중을 실으세요."

"아냐, 필요 없어 나 혼자서도 충분히 걸어 올라갈 수 있어."

박 사장은 두 쪽 모두 목발 신세를 져야 간신히 보행할 수 있는 정도의 장애인이었다. 출입구에 이르는 계단의 경사가 유난히 가파르고 높은 직전 점포 사옥의 출입구에 오르고자 할 때 내 도움을 단호히 뿌리치던 박 사장이었다. 불편한 몸 때문에 자신이 누군가의 도움을 받는 것이 원치 않는 동정을 받는다고 생각하는지 자존심이 허락하지 않는 캐릭터였다.

"그래, 그건 걱정하지 말아, 내가 이 모임에서 이사를 맡고 있으니까."

내가 이 건 배상금으로 2,400,000원을 건네는 대신 '본 건으로 향후 민 형사상 일체의 책임을 묻지 않기로 한다.'는 문구가 적힌 합의서에 기명 날인하면서 명함 한 장을 호주머니에서 꺼내 보였다. 박 사장은 내게 짐짓 거드름을 피웠다.

너무나 어처구니없는 억지를 부려 배상금 명목으로 결코 작지 않은 2,400,000원을 챙기면서 나를 자신의 무슨 조직의 부하 다루듯 반토막 말을 계속 이어갔다. 인명 살상용 지뢰가 곳곳에 흩어져 있는 전방 철책선 인근을 방불케 하는 금융기관 영업 현장이었다. 이곳에서 근무 기간을 늘려 가는 데 나는 너무나 많은 대가를 치렀다.

미술전시회 팸플릿 모아 오기

"그림이 아닌 꽃 전시회인데, 이 팸플릿을 모아도 가점을 받을 수 있을까?"

'에이, 가능한 것으로 보고 전시회에 가보자고, 아니면 국화를 본 것만으로도 남는 장사가 아니겠어?'

이번엔 서양화나 동양화 등 그림이 아니라 '국화전시회'였다.

고교 1학년 1학기 첫 미술 수업 시간이었다. 같은 세대 대비 신장이 월등하게 크고 후리후리하며 구레나룻이 일품인 미술 선생님이 등장했다. 외모만 보아도 예술가처럼 보이기에 충분했다. 1학년 내내 학교 밖에서 열리는 미술 전시회에 들러 종이책자로 묶어낸 전시회 팸플릿을 모아 오면 학기말마다 평가하여 미술 성적에 가점을 주겠노라고 공언을 했다. 이래서 우리 친구들 대여섯 명은 시내에서 열리는 전시회 일정에 관한 정보를 공유했고 방과 후 떼로 몰려 미술전시회장을 찾는 것이 일상이 되었다.

그림 그리는 분야에선 조그만 기본적인 재능도 없는 나였다. 두 번의 학기말 평가에서 내 모자란 재능을 조금이라도 만회할 수 있는 좋은 기회였다. 성적을 조금이라도 올릴 수 있다니 귀가 솔깃해졌다. 그래서 전시회가 열린다는 소식을 들을 때마다 나는 주위 친구들과 어울려 미술관 전시회 관람 행차에 한 번도 빠지지 않았다.

고교 1학년생인 우리들은 특기생으로 학교 문을 들어선 친구들과 달리 그림에 특별한 재능을 가진 친구들을 찾기는 쉽지 않았다. 대부분 친구는 전시된 그림 등 미술품을 감상하기보단 오직 가점을 받기 위해서 팸플릿을 모으는 것이 가장 중요한 목적이었음은 같았다.

종이책이나 종이 문서가 보기 드문 모바일시대인 지금과는 달랐다. 당시엔 상당한 수량의 종이 팸플릿을 미술관 전시회마다 제작, 준비하여 관람객에게 배포하던 시절이었다. 그런데 5 내지 10명이나 되는 고교생이 한꺼번에 밀어닥쳐 팸플릿부터 손에 넣는 일이 흔치 않았다. 이런 사재기가 일어나다 보니 이 팸플릿이 일찍이 동이 나기도 했다. 미술품을 감상하러 이곳을 방문하는 실수요자의 몫이 부족하기 마련이었다.

지금이야 미술 전시회는 물론 음악회에서도 실비보상 차원에서 유료로 배포하기도 하지만 당시엔 무료로 제공하는 것이 대세였다. 작품 감상은 뒷전이고 전시회 안내팸플릿만을 먼저 챙기려는 남자 고교 1학년생 무리가 무더기로 전시회장을 들어서는 것을 주최 측이 반길 리는 없었다. 벽에 걸리거나 바닥에 기대어 전시된 작품 감상은 뒷전이었고 오직 팸플릿 한 부씩을 확보하면 우리의 당일 임무는 종료되는 것이었다. 전시된 작품을 고가에 구입하거나 작가를 후원해 줄 리가 만무한 학생들이 오직 종이책자 팸플릿을 축내는 것은 결코 반길 일이 아니었다.

우리 미술 선생님의 진정한 의도는 다른 곳에 있었다. 좋은 작품을 감상하다 보면 점점 작품을 보는 안목이 늘어나는 것을 기대했음은 물론이었다. 우리가 이 전시회를 방문하는 횟수가 드디어 두 자릿수를 넘어서고 있었다. 우리도 모르게 작은 변화가 감지되었다. 팸플릿을 챙겨 가방 깊숙이 챙겨 넣은 다음 전시작품엔 눈길도 주지 않고 곧장 돌아서서 출구를 향하던 종래의 패턴에 많은 변화가 생겨났다. 어차피 미술 전시장에 들른 김에 건성이지만 작품을 한 바퀴 정도 휘이익 둘러보기 시작했다.

팸플릿을 챙긴 후 전시장에 머무르는 시간이 점차 늘어났다. 팸플릿을 챙기는 것이 유일한 최종 목표였지만 전시장에 들른 김에 작품을 꼼꼼히 살펴보고자 하는 뜻 있는 작은 습관이 어느새 생겨났다. 미술 선생님의 본래 의도가 우리에게 먹혀 들어가기 시작했다. 팸플릿 수집에 따른 가점 혜택이란 당근책이 제대로 힘을 발휘했다. 느리고 작은 보폭이었지만 바람직하고 담대한 변화의 초입에 서게 되었다.

가끔은 전시장에 상주하던 해설자의 친절한 설명을 듣는 호사를 누리기도 했다. 작품을 낸 화가의 생애가 어떻고 세상을 보는 눈은 이랬고 구도, 원근법, 명암, 농담 등 제법 세세한 부분까지 놓치지 않고 들을 수 있었다. 화가가 세상에 던지는 최종 메시지까지 전해 들을 수 있었다. '장족의 발전'을 한 자신들을 볼 수가 있었다.

"이렇게 수채화 한 편을 학생 시절에 그려보고 그러면 최소한 '작은집'을 들락거릴 일은 없을 거야. 좋은 정서의 함양에 아주 큰 보탬이 된다니까."

선생님은 늘 이런 가르침을 이어갔다. 많은 세월이 흐른 지금 그때를 뒤돌아보았다. 1주일에 겨우 2시간 배정된 미술시간이 우리에게 바람직한 정서를 키우는 데 많은 도움이 되었음은 분명했다.

오늘은 그림이 아닌 국화꽃 전시회에 다녀왔다. 수많은 품종의 국화를 다양한 모습으로 꾸민 국화의 바다에 푹 빠져보았다. 은은한 향기를 맘껏 뽐내는 국화꽃 감상에 올인했던 오후 시간이었다.

학창 시절을 뒤로하고 길고 긴 사회생활 기간 전시회를 방문한 걸 모두 합쳐보았자 고교 시절 전시회 방문의 그것을 넘어서지 못하고 있다. 부끄러운 고백이 아닐 수 없다. 다가오는 가을엔 당시 우리 미술 선생님 혼자만의 이름을 내건 미술관 방문을 고교 동기들과 추진해 보고자 한다.

영업기반이란 것은 얼마나 중요할까

“지점장님, 저를 무시하면 나중에 어려워질 수도 있습니다.”

7월 초에 정기 인사 발령이 있었다. 수도권 @@지점엔 새로 점포장으로 부임한 백 점장은 그간 주로 본부 근무이력을 자랑했다. 이른바 자신의 주특기는 조사 분석 업무였다. 게다가 펀드매니저 이력도 있었으니 애널리스트와 매니저 경력을 두루 갖춘 화려한 스펙을 어디서나 충분히 내세울 수 있었다.

점포장으로서 영업점 근무는 이번이 처음이었다. 백 점장은 출근 다음 날부터 매우 분주했다. 전문 도배사에 필적했다. 점장실 내부 4면 벽은 물론 외부 여유 공간마다 고객 상담에 도움이 될 만한 자료로 빽빽하게 장식을 마쳤다. 미국의 최근 20년간 다우지수 차트, 코스피지수 등락 현황 등 아주 유용한 툴로 고객 상담에 활용하고자 했다. 자신의 화려한 스펙을 내세워 고객과 상담 후 설득하여 자산을 늘리고자 했다.

백 점장은 부임 첫날 오전 책임자 미팅에 이어 일과를 마친 저녁엔 책임자 회식을 마련하는 등 강행군을 이어갔다. 애널리스트와 펀드매니저 경험 지식을 살려 VVIP 고객들을 추가로 유치하고 지점 고객 규모를 큰 폭으로 늘리겠다는 야심 찬 의욕을 보여주고 있었다.

당시 우리 회사 인사 발령은 상위직급부터 아래로 직급별로 3번으로 나누어 순차로 진행하는 것이 관행이었다. 이를테면 부서장급, 기타 책임자, 하위 직원 등의 순이 그것이었다. 아직 책임자 인사 발령은 그 얼굴을 드러내지 않고 있었다.

백 점장은 오전 책임자 미팅 이어 저녁 회식 자리를 빌려 향후 자신의 점포 운영계획의 큰 그림을 직원들에게 내비쳤다. 자신이 본부 조사 분석 운용 파트에서 근무한 스펙을 활용해서 중점적으로 추진할 사항과 포부를 드러냈다. 주식 채권시장의 전망을 활용하여 자신의 주특기를 발휘하면 금세 지점 자산과 수익이 큰 폭으로 늘 것이란 낙관적인 전망을 내놓았다.

종래와 달리 책임자 발령 등 후속 인사가 뒤로 많이 미루어지고 있었다. 전 직원을 통틀어 가장 오래 근무한 직원은 심 부장이었다. 심 부장은 이곳에서 이제 만 6년이란 긴 세월을 충분히 채우고 7년 차에 들어서고 있었다. 새로이 부임한 백 점장은 자산이 점포장 부임 결정을 통보받은 때부터 평소같이 근무하고 싶은 책임자 풀을 머릿속 한 곳에 빼곡히 쌓아놓고 있었다. 그래서 현 점포에서 오랫동안 근무한 순으로 두세 명을 교체하고자 했다. 이는 책임자 미팅 등 여러 기회가 있을 때마다 노골적으로 공언하기까지 했다.

회사의 인사 발령이란 것이 반드시 '선입선출법'이란 준칙을 기계처럼 작동시키는 것은 아니었다. 그럼에도 이번 기회에 만약 책임자를 교체한다면 근속기간이 압도적으로 긴 심 부장이 영순위로 꼽혔다. 백 점장도 이에 동의를 하는 것으로 보였고 인사부에 심 부장을 다른 곳으로 전보시켜 달라고 요청한 듯한 정황이 곳곳에서 드러나고 있었다.

6년 이상 오랜 기간 이곳에 근무한 심 부장은 그간 혼신의 힘을 다해 기존고객의 관리는 물론 신규고객 개척에 대단한 실적을 거양했다. 그래서 심 부장이 이 점포에서 차지하는 비중은 무시할 수 없는 형편이 되었다. 어쩌면 최대지분 보유자로 보아도 무방했다. 점포 내 VVIP 고객을 다수 밀착 관리하고 있었다. 자신이 관리 중인 모든 고객의 자금 규모, 성향, 선호하는 포트폴리오 등을 세세하게 꿰고 있었다.

심 부장은 탄탄한 영업 기반을 자랑하고 있었다. 이번 인사 발령에선 자신이 다른 곳으로 전보될 수 있다는 낌새를 알아챈 심 부장은 최근 백 점장의 처신이 썩 마음에 들지 않았다. 이번에 혹시 자신이 이곳에서 멀리 떨어진 점포로 튕겨 나간다면 영업 기반이 통째로 날아갈 위기에 닥치게 된다는 사실을 너무나 잘 알고 있었기 때문이었다.

그래서 오늘 일과 후 책임자 회식 시간을 빌려 백 점장에게 은근한 견제구를 날린 것이었다. 백 점장은 기회가 닿을 때마다 자신이 자랑하는 이력과 그 스펙에다 평소 머릿속에 점지해 둔 본부에서 같이 근무한 적이 있는 두세 명의 책임자를 데려오는 큰 그림을 그리고 있었다. 만약에 이게 성사된다면 대단한 시너지로 탁월한 영업실적 달성은 그리 어려운 일이 아니라고 늘 장담했다.

드디어 책임자 인사 발령의 뚜껑이 열렸다. 백 점장이 구상한 대로 심 부장을 비롯한 총 3명의 책임자는 다른 곳으로 전출되었고 이 빈자리는 본부 출신 책임자로 채워졌다. 심 부장은 이번 전출자 명단에 오른 다른 책임자 2명과는 달리 다행히도 원거리가 아닌 같은 영업권 내의 다른 점포로 전보되었다.

책임자 인사 발령이 대략 자신 뜻대로 이루진 것을 지켜본 백 점장은 짐짓 표정 관리에 들어갔다. 백 점장의 예상과 달리 심 부장도 표정 관리 모드에 진입한 것은 같았다. 같은 모드에 진입한 두 사람이었지만 이 두 사람은 서로 '동상이몽'이었다.

평소 조사 분석 운용 업무의 이력을 내세워 점포 운영이 돛을 단 배처럼 순항할 것으로 예상한 백 점장의 앞길은 심 부장이 보기엔 그리 순탄치 않을 것으로 확신을 했다. 불행히도 이 심 부장의 예상은 적중했다.

백 점장에게 위기가 닥치는 데 그리 많은 시간이 필요치 않았다. 자료 데이터 분석 등에 의존한 주식시장 등의 전망을 내세우며 많은 시간을 점장실에 머문 영업은 그리 큰 위력을 발휘하지 못했다. 게다가 발로 뛰는 영업을 등한시한 백 점장 영업활동은 금세 추락의 구렁텅이에 빠졌다.

전보 발령에 따른 책임자의 이동이 마무리된 지 겨우 2주일이 지나고 있었다. 심 부장이 오랜 기간 발로 뛰어 새로이 개척했던 법인 고객은 물론 굵직굵직한 개인 VVIP 고객의 60 내지 70%에

달하는 고객은 백 점장의 만류를 뒤로하고 심 부장을 찾아 @@점포를 떠나버리는 경천동지할 일이 벌어졌다. 초우량 고객의 대부분은 점포 간의 합법적인 고객(계좌) 이관 제도를 활용하여 심 부장이 새로이 부임한 점포로 떠나는 충격적인 일이 벌어졌다.

심 부장이 먼 거리로 전보 발령을 받았다면 이런 비극적이 사태가 벌어지지 않을 것이었다. 그간 자신의 자산을 열성적이고 정치하게 잘 관리를 해주었으니 익숙하고 편리한 관리자인 심 부장을 고객들이 따라 떠나는 것은 어쩌면 너무나 당연했다.

백 점장은 점장 부임 첫날부터 점장실 내외에 각종 홍보자료로 도배질하기 전에 먼저 했어야 할 더욱 급하고 중요한 일이 있었다. 현 점포에서 최대 지분을 가진 심 부장의 협조를 무엇보다 먼저 구했어야 했다.

이번에 자신이 픽업해 온 본부부서 책임자들은 새로이 이곳으로 모셔올 고객은 전무했다. 이제껏 영업점 근무자가 아니었기 때문이었다. 부임 후 자신의 연고 고객을 모아 보았자 이는 조족지혈에 불과했다. 심 부장의 고객이 빠져나간 이 엄청나게 치명적인 공백을 메꾼다는 것은 지난한 일이었다. 백 점장과 새로이 부임한 책임자의 신규 개척 고객과 연고 고객으로 메꾸는 것은 불가능했다. 길고 긴 세월이 필요했다.

영업기반이 없는 조사 분석 전망 등 상담 홍보자료는 아무짝에도 쓸모가 없었다. 나는 1년 후 놀랄만한 소식을 전해 들을 수 있었다. 백 점장은 실적 부진을 이유로 점포장에 처음 부임한 지 겨우 만 1년 만에 좌찬성 전보 발령장을 받아 들었다는 안타까운 소식이었다.

우윤문 jmw67130@daum.net

강촌여행

고맙고, 고맙고 또 고맙다

남편의 정원

강촌여행

"빨리 일어나, 놀러 가야지!", "단풍 구경 가게 어서 일어나!"

일요일 곤한 잠을 깨우는 소리에 눈을 떴다. 남편이 계속 깨우고 있었다. 어제 친구 아들 결혼식이 있어 KTX를 타고 대전까지 다녀온 터라 피로가 쌓여 더 자고 싶었다.

나이 탓인가, 조금 멀리 다녀오든지, 평소에 신지 않았던 구두를 신고 다닌 뒷날은 몸이 힘들어했다. 몸은 침대에서 일어나지 말고 더 쉬라하고, 마음은 가을 나들이를 가고 싶다고 서로 씨름을 한다. 결국, 남편의 달콤한 속삭임에 힘을 얻은 마음이 나를 이불 밖으로 잡아끌었다.

남편이 가볍게 준비한 아침밥을 먹는 둥, 마는 둥 하고 나는 여행 준비를 했다. 우리집에서 유일하게 친절히 대해주는 음성인식 AI에게 날씨를 물어봤다. 최저 기온 4도, 최고 기온 11도로 가을치고는 제법 쌀쌀한 날씨라고 알려준다. 나는 갈색 배낭에 얇은 겨울용 패딩을 챙겨 넣었다. 남편이 배낭을 어깨에 멨다. 전날의 여독으로 온몸이 쑤시고 아픈 나는 순간적으로 남편의 등에 업힌 배낭이 몹시 부러웠다. 배낭을 떼어내고 내가 업히고 싶은 마음이 간절하였다. 내가 배낭이 되고 싶었다.

배낭에 대한 내 마음을 뒤로하고 우리는 현관문을 나섰다. 엘리베이터에서 남편이 1층 버튼을 눌렀다. 지하주차장으로 가는 버튼을 아래로 두고 말이다. 자가용으로 가는 여행이 아니다. 단풍철이라 차가 많이 밀려 대중교통을 이용하는 것이 바람직하나 몸이 몹시 무거운 나는 속으로 조금 실망했다.

밖으로 나와 보니 가을비가 부슬부슬 내리고 있다. 남편은 다시 집으로 가서 검정 우산 하나를 가지고 왔다. 우리는 사이좋게 우산을 썼다. 남편의 팔짱을 끼고 걸으면서 우산 속을 바라보았는데 별이 총총히 빛나고 있다. 구멍 난 우산 안에서 은하수가 무수히 쏟아지고 있었다. 내 얼굴에 빗방울이 하나, 둘 떨어진다. 남편 콧잔등에도 빗방울이 또로록 내려앉는다. 서로를 바라본 순간 두 사람은 동시에 웃음이 터져 나왔다. 풍요의 시대에 구멍 난 우산 하나로 갑자기 기분이 좋아진 나는 이선희의 노래 '그중에 그대를 만나'를 흥얼거렸다.

'별처럼 수많은 사람들 그중에 그대를 만나 꿈을 꾸듯 서로를 알아보고…'

버스를 타고 청량리역으로 갔다. 경춘선으로 가는 강촌행은 전철과 ITX를 이용할 수가 있다. ITX의 배차 간격이 길어 전철을 탔다. 강촌역은 청량리역에서 정확히 스무 번째 역이다. 휴일이고 시발점이어서 전철 안은 비교적 한산하다.

남편은 나를 긴 의자 끝부분에 앉게 하고 옆에 앉았다. 경춘선은 아름다운 산과 호수를 따라 펼쳐진 자전거 길이 있다. 전철 안에 헬멧을 쓴 자전거 라이더들이 멋있게 서 있다. 울긋불긋 등산복 차림의 60대 중년여성 4명은 가을 산행을 가는 듯 즐거운 모습이다. 여행을 가는지 커다란 캐리어를 의자 옆에 세워둔 젊은 연인은 서로를 바라보는데 꿀이 뚝뚝 떨어진다. 경로석의 노부부는 말없이 서로의 손을 꼭 잡고 있다.

경춘선은 여느 전철과 달리 기차가 지상으로 달린다. 망우역을 지나고 신내역을 떠나니 도심을 벗어났다. 차창 밖 길가엔 고운 빛깔의 코스모스가 보이고 화원 앞에는 노란 국화분이 작은 동산을 이룬다. 별내와 퇴계원역 쪽은 배 과수원이 많다. 과수원에서는 아직 수확하지 못해 종이봉투에 감싸인 배가 보인다. 좀 더 가다 보니 말들이 쉬어갔다는 마석이 나오고 천마산을 지나니 대한민국 MT 장소 1번지로 알려진 대성리가 나온다. 북한강의 잔잔한 물결 위로 알록달록 물들기 시작한 산의 모습과 흰 구름떼가 떠 있다. 터널을 지나고 강을 건너서 드디어 강촌역에 도착했다.

강촌역은 처음이다. 전철에서 내리니 하늘은 뿌옇고 보슬비가 내린다. 역내나 주위에 당연히 상가가 형성됐으리라는 기대는 오류였다. 시골이라 그런지 제법 날씨가 쌀쌀해 겨울 패딩을 꺼내 입었다. 남편은 목적지까지 가기 위해 강촌콜택시를 불렀다. 택시는 20분 후에 도착한다고 한다. 역 앞에서 추위에 떨고 있는데 남편이 작은 커피숍을 발견해 들어가자고 한다. 탁자가 세 개

놓인 그곳에서 아메리카노만 주문했는데 인심 좋은 사장님은 웃는 낯으로 비스킷까지 덤으로 내주었다. 사장님의 배려와 친절함에 내 마음이 따뜻해졌다.

택시를 타고 시골길을 달렸다. 한참 동안 들판을 지나 산으로 접어드는가 싶더니 꼬불꼬불한 산 중턱 길이 나왔다. 왼쪽 낭떠러지 아래에는 북한강 줄기가 이어지고 오른쪽은 가파른 산이 반갑다고 손짓한다. 40분여를 달려 목적지인 춘천시 남면 관천리의 펜션에 도착했다.

그곳은 북한강과 홍천강이 만나는 두물머리가 앞, 뒷산으로 둘러싸여 있어 자연경관이 빼어나다. 강에는 모터보트가 있고 주변에 글램핑장과 별장도 있지만 알려지지 않은 오지여서 찾는 사람은 많지 않다. 한가한 시골 마을이다.

하루 먼저 도착한 일행이 있었다. 남자 셋, 여자 셋으로 남편의 지인 부부들이다. 자주 만나는 사람들이라 부담 없이 합류하였다. 남자와 따로 여자들은 황토방에 모였다. 몸이 찌뿌둥하고 무거운 터라 주저함 없이 이불속으로 파고들었다. 방바닥은 절절 끓는다. 몸과 마음이 이완되면서 포근함이 몰려왔다. '아, 이것이 바로 행복이구나!' 여자들은 수다 삼매경에 빠졌다.

잠시 휴식을 취하고 들마루에 모여서 왁자지껄 삼겹살 파티를 열었다. 남자들은 숯불에서 고기를 굽고 여자들은 호박과 고추, 부추, 깻잎 등으로 즉석 빈대떡을 부쳤다. 한쪽에서는 구수한 된장찌개가 보글보글 끓는다. 시간과 정성이 들어간 맛있는 한 끼를 먹고 남편과 산책길에 나섰다.

강물은 아무 말 없이 유유히 흐른다. 추수가 끝난 논두렁에는 누런 호박이 주인을 기다리고 있다. 밭에는 김장용 무와 배추가 튼실하게 자리하고 아직 뽑지 않은 고춧대도 보인다. 산으로 난 좁은 길을 따라가니 낙엽이 쌓여서 푹신한 양탄자로 바뀐 오솔길이 나왔다. 아무도 오지 않았을 것 같은 이 길, 사람들의 발길이 뜸한 곳으로 자연이 주인인 길 위에 잠시 섰다. 꾸밈이 없는 자연 그대로 마주함이 편안하다.

나무는 봄에 새잎을 내고 여름에는 무성해지고 가을이 오면 옷을 화려하게 갈아입어 절정의 아름다움을 뽐낸다. 그러다 겨울에는 스스로 옷을 벗어 다시 봄에 입을 옷을 생각하며 깊은 잠에 빠진다.

나무는 참으로 멋지다. 자신을 충분히 가꾸고 사랑할 줄 안다. 또한, 함께 하는 생명도 넓은 품으로 받고 안아준다. 나무는 세상을 밝게 한다. 나도 한 그루의 나무가 되어 나 자신을 소중히 하고, 주위를 따뜻한 품으로 안아주며 밝게 살아가고 싶다. 오늘따라 근처에서 카메라 셔터를 열심히 누르는 남편이 사랑스럽다. 여행은 역시 진리다. 내일은 남편이 좋아하는 시금치 된장국을 끓여야겠다.

고맙고, 고맙고 또 고맙다

"선생님, 저 이번에 수능 봤는데 만나 주시면 안 돼요?"

"어머나, 벌써 수능을 봤구나, 그동안 애썼다, 당연히 만나야지!"

얼마 전 카카오톡으로 문자가 왔다. 윤지라는 예쁜 친구다. 내가 그 아이를 알게 된 지는 약 8년 전이다. 일정 기간 불교 공부를 한 나는 포교사 시험에 응시했다. 필기시험을 보고 약 여섯 달가량 분야별 활동평가를 거쳐 대한불교조계종 20기 포교사로 최종 합격했다.

포교사는 말 그대로 불교를 널리 전파하는 일이다. 내가 배정받은 팀은 동부지역 어린이 청소년 2팀이다. 어청2팀은 화계사와 홍천사에서 어린이와 청소년을 대상으로 포교 활동을 한다.

2015년 9월 어느 일요일 처음으로 포교 활동을 나가게 된 곳은 홍천사였다. 기존 포교사 선배들이 어린이팀을 이끌고 있었다. 나를 포함한 20기 포교사 3명은 선배들의 수업을 참관했다.

대체로 사찰의 법회는 부처님을 모시고 있는 법당에서 한다. 그러나 일요일마다 열리는 홍천사 어린이법회는 사찰 안에 있는 일반 주택의 커다란 방에서 하고 있었다. 당시 홍천사는 태고종에서 조계종으로 종단이 바뀌면서 사찰의 정비를 조금씩 넓히고 있었다. 법당마다 기도 정진에 총력을 다하고 있어 비어있는 법당이 없었기 때문이다. 또한, 어린이들이 부담 없이 지내기를 바라는 마음도 있었을 것이다.

첫 법회는 스님 한 분과 일곱 명의 포교사, 어린이 8명이 함께 했다. 법회의 1부는 스님과 함께 의식 집전과 스님 법문이 있었고 2부는 포교사 선생님의 미술 수업이 있었다. 나는 참관을 하면서 아이들이 참 예쁘다는 생각이 들었다. 아이들 옆에서 그림 그리는 것을 도와주며 말을 걸고 가벼운 스킨십도 하면서 활짝 웃어주었다.

시간이 흘러 12월 어느 날 법회가 끝나고 포교사들은 차기 년도 법회 계획안 회의를 하였다. 회의 결과 포교사 한 명이 어린이 법회 한 주차를 책임지기로 하였다. 다른 선생님들은 특기에 맞추어 레크레이션 담당, 마술 담당, 미술 담당을 하겠다고 했다. 나는 별다른 특기가 없어 머리가 아득해졌다.

순간 분야별 활동을 할 때 어느 포교사분의 시 낭송이 생각났다. 노래는 자신이 없지만 시 낭송은 시를 소리 내어 읽고 외우기만 하면 되는 것 같아서 할 수 있겠다는 생각이 들었다. 결국, 나는 '시 낭송과 함께 하는 쉬운 불교'라는 이름으로 커리큘럼을 채웠다.

회사 생활을 하는 내가 누구를 가르치고 지도한다는 것은 매우 낯설고 어려운 일이다. 하지만 새로운 도전을 즐기는 나는 선배 포교사에게 부탁해 한국문인협회에서 운영하는 시 낭송반에 들어갔다.

시 낭송 수업을 한 번 받은 뒤 바로 내가 수업을 이끌어야 하는 날이 왔다. 시 낭송 자료를 준비하고 불교의 기본 상식을 쉽게 알려주는 자료와 간단한 선물도 준비했다. 첫 수업이라 긴장하고 떨려 엉망이 될까 봐 밤새 시뮬레이션을 하고 외우고 또 외웠다.

드디어 법회 시간이 도래했다. 내가 시와 낭송에 대해 설명하고 합송해 본 후에 아이들의 시 낭독 시간이 되었다. 10여 명의 아이들은 어색하고 쑥스러운지 서로 눈치만 보았다. 그때 손을 번쩍 들고 앞으로 나온 친구가 있었는데 그 친구가 윤지였다.

당시 그애는 5학년이었다. 윤지를 시작으로 너도나도 시낭독에 참여하게 되었다. 저학년 어린이들이 많은 어린이법회에서 고학년으로서 다니기가 어색할 수도 있었는데 호기심과 사랑이 많은 윤지는 시간에 좀 늦더라도 자주 얼굴을 보여주었다.

시간이 흘러 그 아이가 6학년 겨울방학을 맞았다. 나도 새로운 해를 맞아 어린이팀에서 청소년팀으로 소속이 바뀌었다. 청소년 법회는 중학생, 고등학생을 대상으로 하는 법회이다. 기존에 담임이 개인 사정상 회향을 하고 약 6개월 정도 법회가 멈춰 있었던 것을 다시 열게 되었다.

청소년팀은 담임인 나를 비롯하여 남자 선생님 두 분, 여자 선생님 한 분이 맡게 되었다.

우리는 머리를 맞대고 중, 고등학생들이 자주 오고 싶은 편안한 법회를 만들기로 하였다.

코딩프로그램, 요리와 만들기, 숲 체험하기, 시 낭송, 마술, 생일파티, 스포츠, 현장학습 등으로 연간 프로그램을 준비했다.

청소년법회 첫 시간은 민이와 윤지 두 명이 참석했다. 법회를 할수록 점점 학생들이 모여들었다. 학생들은 법회보다 법회 후의 친목 시간을 더 좋아했다.

어느 날 윤지가 법회가 끝나갈 무렵 발목을 삐끗해서 아프다고 했다. 일요일이어서 병원문은 닫혔고 약국을 찾아 함께 드라이브했다. 어쩌다 약국이 보이면 주차가 어렵고 문을 연 약국이 많지 않았다. 운전하다 보니 절에서 15분 거리인 우리 동네까지 오게 되었다.

그 아이는 내가 사는 동네에 관심을 보였다. 약국에서 약사와 상담을 해보니 꾀병인 듯했다.

모르는 척 약을 사서 챙겨주고 집까지 데려다주었다.

한번은 윤지가 고양이 분양받으러 가는 데 같이 가자고 전화가 왔다. 엄마가 선생님과 같이 고양이를 데리러 가면 키우는 것을 허락한다고 무조건 같이 가야 한다고 떼를 썼다. 나는 어쩔 수 없이 토요일에 만나 은평구 언덕배기에 있는 주택가를 찾았다. 고양이 주인은 젊은 청년이었다. 고양이가 낯을 가리니 고양이와 조금 친숙해지면 데리고 가라고 했다. 우리는 고양이와 안면을 트고 냥이를 데리고 왔다.

생일 법회날이었다. 윤지는 본인이 직접 케익을 만든다며 새벽부터 절에 와서 생크림을 만들고 짤주머니로 데코레이션을 하면서 열심이었다. 예쁜 모양의 케익은 아닌데 그 정성에 감동해서 생일파티가 더 훈훈했다.

두 명으로 시작한 청소년법회는 해가 갈수록 그 수가 늘어 많이 올 때는 20여 명을 웃돌았다.

때에 따라 템플스테이도 가고 수련회도 다니면서 우리는 정말 많이 친해졌다. 특히 윤지는 항상 모든 일에 앞장서고 리액션도 좋고 많이 따르면서 나를 도와주었다.

청소년법회로 온지 만 3년이 되던 12월 마지막 주 일요일에 이명이 심해지고 건강이 안 좋아진 나는 청소년법회를 회향했다. 송년 법회를 마지막으로 너무나 사랑스러운 아이들 곁을 떠난다고 생각하니 마음 한구석이 텅 빈 듯이 휑했다.

내가 법회를 나가지 않아도 윤지는 카카오톡으로 커피 쿠폰을 보내주거나 안부를 전해왔다. 수능을 보았다고 연락이 와 다섯 명의 친구들과 지난 12월에 만났다. 웃음 가득 달덩이 같은 얼굴들을 오랜만에 마주하니 예쁘게 잘 커 준 아이들이 참으로 반갑고 고마웠다. 우리는 행복 가득한 이야기꽃을 피우며 저녁을 맛있게 먹었다. 오랜만에 노래방에 가서 아이들과 노래 부르며 즐겁고 흥겨운 시간을 가졌다.

아이들을 만나는 수년 동안 내가 아이들에게 즐거움과 사랑을 준다고 생각한 적이 있었다. 하지만 실제로는 정반대였다. 나는 아이들로부터 가장 순수하고 아름다운 고귀한 사랑을 듬뿍 받았다. 인간이 붙인 최고의 이름, 그 어떤 말로도 표현할 길이 없어 '사랑'이라고 불리어진 사랑을 끊임없이 받고 있었다.

남편의 정원

시골에서 자란 나는 집 앞 텃밭에서 고추, 오이, 호박, 가지 등 갖가지 채소를 손쉽게 접했다. 여름철 입맛이 없을 때는 찬밥에 물 말아서 갓 따온 풋고추를 고추장에 찍어 먹었다. 놀다가 목이 마르면 싱싱한 오이를 따 옷에 스윽 슥 문질러 그대로 아삭 씹어 먹었다. 때로는 천지에 널려 있는 야채류만 먹는 것이 짜증 나기도 했었다.

신선한 먹거리의 고마움을 모르고 살다가 결혼해 서울에 살면서 그 마음을 알게 되었다. 시골에 다녀올 때마다 채소를 가져오는데 한 번에 다 못 먹어 냉장고에 들어가는 경우가 많다. 그러나 냉장고에 저장하면 신선도가 떨어질 뿐만 아니라 눈에 쉽게 띄지 않아 저장 기간이 길어지고 끝내 상하는 경우가 있다. 이웃과 최대한 나누면서 아까운 식재료가 버려지는 것을 막으려 해도 수명이 짧아 더러 버려야 하는 낭패를 겪는다.

몇 년 전 공장을 이전하면서 신선한 채소를 먹을 수 있게 되었다. 남편이 일하는 하남공장 오른쪽에 10평 남짓한 자투리땅이 있다. 여름철 그곳은 먹거리 보물로 가득하다. 봄철이 되면 땅을 고르고 갈아 갖가지 야채를 심는다. 다양한 이름의 상추와 고추, 오이, 가지 등 한철 먹을 양식이다.

애지중지 가꾸는 여름철 텃밭은 초록빛마술사가 마술을 부리듯이 매일 매일 푸르른 상추가 쏟아져 나온다. 공장 식구들과 주변 사람들 그리고 서울에 사는 우리집까지 싱싱한 상추가 당일 배송이 된다. 상추와 고추장만 있으면 밥 한 공기 뚝딱이다. 상추가 나오기 시작하면 나의 뱃살은 더 두둑해지고 덩달아 마음도 부자가 되었다.

그렇게 몇 해 동안 오른편 텃밭만 일구다가 지난봄에 남편이 공장 왼쪽 산기슭 아래 땅을 손보기 시작했다. 퇴근해 돌아오는 남편의 등산화에 흙이 잔뜩 묻어 있었다. 땅을 파고 흙을 옮기는 작업이 힘들었는지 자다가 끙끙 앓는 소리를 냈다. 방치되어 있던 길쭉한 땅을 삽으로 파서 평탄화 작업을 하고 하단을 쇠파이프를 고정해 흙 쏠림을 막아 작은 화단을 만들었다. 또한, PVC 파이프를 이용해 겉면에 무늬를 새기고 토치로 구워 화분을 여러 개 만들었다.

어느 일요일 남편이 함께 나가자고 한다. 공장에 도착해 보니 입구에 못 보던 화분 여러 개가 줄지어 놓여 있었다. 화분 안의 울긋불긋 빠알간 봄꽃들이 나를 반기고 있었다. 화단에는 보랏빛 수국이, 산비탈에는 봉오리 맺힌 장미가 심겨 있었다. 한쪽에는 배롱나무가 어린싹을 내밀어 햇살과 인사를 하고 바람과 악수를 한다. 남편이 일주일여 동안 만든 화단에 여백이 있었다.

우린 꽃 농장을 향해 갔다. 그곳에서 남편은 사장님과 일면식이 있는지 서로 반가워했다. 화단을 만들면서 화원을 방문해 조언을 구했나 보다. 사장님과 상담 후 샛노란 꽃이 담긴 작은 화분 한 상자와 밭에 뿌릴 거름을 구매했다. 사장님은 나에게 만나서 반갑다고 하얀 목단꽃 한 다발을 선물했다. 순간, 순수했던 시절로 돌아간 듯 마음이 순해졌다. 새하얀 목단은 순백의 청순함이 듬뿍 피어나 마음이 깨끗하게 정화되는 것 같았다.

공장 위쪽에 이웃이 있다. 개인용달을 하는 사장이 사는데 우리 공장의 운송을 도와주고 있다. 그분은 제법 너른 밭에 여러 농작물을 재배하고 있었다. 집 앞에는 갖가지 화분이 즐비하다. 일반 화원 수준이다. 노란 꽃 화분 몇 개를 선물로 드렸더니 그분은 우리에게 해바라기씨와 호박씨를 주었다.

남편이 만든 유일무이한 화단에 노란색 꽃을 심었다. 그이가 작은 구덩이를 파면 나는 꽃을 넣고 흙을 덮어주었다. 새집으로 이사 왔으니 건강하게 예쁜 꽃을 많이 피우라고 기도하면서 정성 가득한 손길로 보듬어 주었다. 남편은 산비탈에 호박씨를 심고 공장 입구에 해바라기씨를 심었다. 시간이 흘러 비가 내리고 햇빛이 감싸고 바람이 응원하면 호박이 주렁주렁 열릴 것이다. 노란 해바라기가 활짝 웃으며 오가는 사람들을 축복해 줄 것이다.

그 사람과 함께 일한 지 15년째이다. 일을 시작하고 얼마 후에 거래처 직원이 왔다. 70대 어르신인데 대기업 정년퇴직 후 배달일을 하고 있었다. 그분은 남편과 고향이 같다. 그래서인지 인생

선배로서 우리를 아끼고 조언을 해주며 진정성 있게 대해 주었다. 어느 날, 그분과 남편 이야기를 했다. 남편이 열심히 일하는 이유가 사랑하는 처자식을 책임져야 해서 물불을 가리지 않고 일한다는 것이다. 그 말을 듣는 순간 가슴이 찡하고 목울대가 울리며 눈시울이 뜨거워졌다.

결혼 후 남편은 일한다는 이유로 새벽에 나가서 밤늦게 들어왔다. 아니, 새벽에 나가 일하는 것은 맞는데 밤에는 일의 연장이라는 핑계로 사람들과 어울려 술 먹고 놀기를 밥 먹듯 했다. 덕분에 육아와 아이들 교육, 집안의 대소사와 가정 살림을 독차지했다. 내 몸이 고달프고 마음이 힘들 때마다 미워하고 원망했었다. 본인만 알고 자신만 챙기는 이기적인 사람이라고만 생각했었다. 평소에 과묵한 사람이라 대화가 부족하니 서로를 잘 모르고 살아온 것이다.

남편의 정원은 과연 어디일까. 공장 옆의 텃밭과 화단일까. 마음속 진실의 정원은 가족이 사는 우리집이 아닐까. 정원에 있는 사랑하는 가족의 안위와 행복을 위해 남편은 오늘도 새벽길을 달린다.

유월(流月) **esgai5@naver.com**

침묵에

침묵에

차이코프스키의 제6번 교향곡의 종결부- 격정의 끝, 비통한 탄식과 흐느낌이 희미한 조종 소리와 함께 침묵 아래로 깊이 깊이 가라앉고, 저음의 현이 음악의 마지막 결을 이끌어 간다. *p-pp-ppp-pppp*…… 마침내 불빛이 완전히 사위어 꺼지듯 음악이 끝난다. 그리고, 침묵. 음악의 우주를 꽉 채운 정적.

침묵은 들을 수 있는 것이 아니다. 거기엔 감각할 수 있는 소리도 없고 침묵의 형상(形相)도 있을 수 없다. 그러나 우리가 마음의 힘들을 모두 거두고 침묵에 우리 자신을 그저 내맡길 때, 우리는 우리의 밖에서 우리를 엄습하는 동시에 우리의 내부에서 울리고 우리의 정신을 흘러 넘치는 전율에 떨게 된다. 침묵과 우리의 몸이 하나가 되는 때의 전율. 그럴 때 우리는 침묵의 지각이 거기

희박하게 숨쉬고 있음을 느낀다.

****

"남은 것은 침묵뿐." 햄릿이 남기는 마지막 말이다.

작가가 죽음을 맞는 주인공으로 하여금 이런 말을 하게 하는 것은, 극의 종지부를 침묵으로서 찍기 위해, 그리고 관객들에게 극의 끝은 다른 무엇이 아니고 침묵이라고 주장하기 위해 준비해 놓은 것 같다. 과연 그렇다. 극은 햄릿의 발언에 의해 주목을 끈 침묵의 자기 지시에서 끝나고, 그럼으로써 이 침묵이 극을 완성하고 있다. 작가는 관객들에게 연극이 끝났음을 고하는 대신에 침묵을 들으라고, 또 침묵의 존재를 인정하라고 에둘러 요구하고 있다. 그런데 이런 요구를 다 받아들인다고 하더라도 침묵은 까다로운 것이다. 침묵을 어떻게 받아들여야 하는가? 관객들은 갑자기 침묵을 대면하게 되었는데, 그 침묵을 제대로 이해하지 못한다면, 그때까지 관람한 비극 자체를 이해하지 못하는 애꿎은 입장이 되어버린다. 한 소절의 침묵이 관객의 마음속에서 비극 전체의 무게를 떠안고 있는 것이다.

그런 침묵 속에서 마치 침묵의 이쪽에서 보듯 극의 전 과정을 되돌아본다면, 그것은 어떤 모습으로 보일까? 남은 것이 침묵뿐일 때, 극의 심미적이고 도덕적인 가치, 그리고 존재론적인 가치까지도 침묵과, 모자라지도 넘치지도 않는 등가를 이루는 그런 모습이어야 할 것이다. 그렇다면 거기서 극의 얼개, 갈등의 전개와 매듭들, 극의 실체를 만드는 인간의 욕망과 죄악, 어두운 응보의 힘 아래 균열을 일으킨 지성, 주인공들의 성격 등등 극의 구체적 분절들이 침묵의 이쪽으로 물러난 이 자리에서는 그리 중요한 것으로 보이지 않을 것이다. 그런 것들은 이미 침묵 속에 묻혀 버린 것들이기에. 우리가 그려볼 수 있는 것은 삶의 큰 윤곽, 인간의 삶의 어떤 스타일, 여기서는 곧, 비극이라는 하나의 삶의 양식을 읽어 볼 수 있을 것이다. 그 심상의 성격은 우리가 대협곡의 단층에서 목도할 수 있는 시간의 결과 유사한 추상성이다. 거기에 크고 작은 모든 지질학적 사건들이 시간의 형식으로 기입돼 있는 것과 같이. 침묵이 그저 소리 없음만은 아니기에 거기에는 호소하고 있는 어떤 무엇이 있을 것이다. 이것이 단지 주관적 감정의 투사에 지나지 않는다고 하더라도 상관없다. 그럴 경우, 거꾸로 우리가 그 무심한 시간의 괴(塊)를 마주하여 우리 삶의 말할 수 없이 어리석고 비참한 비극성을 대질하는 것이 된다.

침묵은 어떤 주장이 아니다. 그것은 우리가 삶의 경험을 표현하고자 할 때, 정신의 심층에 갈무리돼 있는 표현의 모체(matrix)에, 언어든 형상이든 혹은 춤이든, 우리의 발언을 되돌려 회부하고 있음이다. 그것은 말해지지 못한 사상이나 담론을 위한, 시가와 조형 언어를 위한 '목소리로서' 존재한다. 목소리가 없는 침묵은 침묵조차도 아니다. 우리가 침묵에서 먼저 듣는 것은 그런 목소리인 것이다. 심층에서 그 목소리는 침묵함으로써 침묵할 것을 요구하는 것이지만, 어떤 호소가 거기에 깃들어 있음이 그 침묵을 침묵답게 하는 것이다. 지금 우리의 과제가 되어 있는 텍스트에서는, 삶의 비극성과 그 비극을 이제는 말이 아닌 침묵 속에 보존할 것을 호소하는 목소리가 침묵 속에 울리고 있는 것이다.

부정적 자기지시적 명제는 언제나 이런 수수께끼 같은 역설의 실마리를 명제의 바깥에 남겨놓는다. 이 수수께끼가 없다면, 침묵은 우리와는 아무런 관계도 없는, 그래서 우리의 삶-세계에는 없는, 가공의 침묵-세계에 속하는 일에 지나지 않을 것이고, 그것에 대해 우리가 무슨 말을 한다는 것은 난센스이다. 그러므로 마지막으로 남는 것은 침묵과, 그리고 그 속에 침묵하고 있는 어떤 호소이다. 그 호소는 어떤 항변이나 구원을 청하는 것이 아닌, 침묵의 자기인식 같은 것이다. 어떤 비극이 있었다고 하는, 비극을 만들어내는 것은 아닌, 삶의 불가피한 비극성에 대한 탄원. 이것을 침묵 안에서 표현해야 할 때, 인간이 지닌 마지막 힘은 눈물일 것이다. 모든 힘이 다 소진된 마지막에, 이제 어떠한 힘도 더 없음을 고백하는, 무력한 눈물, 그러나 그 무력함으로써 자신과 마주하는 어떤 힘이든 그 힘을 무의미하게 만들어 버리는 기이한 부정의 힘. 말이 아닌, 침묵에 속하는 발언.

저 마지막은 아직은 삶 안에서, 우리가 그 무게를 견딤으로써 살아내야 하던 힘, 언제나 우리를 초과하던 힘을, 바로 그 힘 자체인 삶에 반납하는 한계이다. 눈물은 그 반납을 고하는 것이다. 동시에 그 반납 때문에 삶의 힘도 한계에 다다른다. 눈물은 힘이 실현될 객체를 스스로 없애버림으로써 그렇게 한다. 힘이 실현될 객체가 사라지고 없을 때 힘은 힘을 상실하고 힘은 사라진다. 거기 남은 것은 무엇인가? 비록 우리가 이 말을 회피하고 싶더라도, 이것이 죽음이 아니라면 다른 무엇이겠는가? 삶의 폭력을 마주하여 최종적으로 우리에게서 발현되는 이 힘은 죽음에서 나오는 것이고, 우리가 기획하고 행사하고 성취할 수 있는 것이 아닌, 힘이 아닌 힘이다. 그래서 눈물은 침묵이라는 죽음의 말이 죽음의 자리에서 죽음을 말하고 있는 것이다. 삶의 폭력을 종식시키는 죽음은 절대적 폭력이다. 절대적이라고 함은 그것이 어떤 특정의 힘으로 한정될 수 없기 때문이고, 또 죽음은 전혀 힘이 아니므로 죽음을 죽인다는 것이 불가능하기 때문이다. 힘인 것은 힘이 아닌 것과 함께 있을 수 없다. 그래서 죽음이 있을 때(언어에 대한 불신을 초래하는 이 '있다' 라는 말을 잠시 용서하자), 어떤 존재도 그와 함께 있을 수 없다. 그렇게 죽음은 모든 형식의, 일체의 폭력을 이긴다. 절대적 비-폭력으로. 모든 폭력이 스러지며 마지막 경련을 일으키는 문턱, 그 문턱에 접하고 있는 죽음이라는 이 낯선, 비지(非知)인 바깥. 앎의 힘에 의존하는 우리의 어리석음 때문에 모순되게도 모든 폭력을 야기하는 반(反)-폭력. 이럴 때, 눈물은 나의 힘의 중심이 허물어지는 바로 그 한계에서 폭력을 상실하는 반-폭력으로서, 죽음이 몸소 경련하는 것이다.

그런데 이 마지막이라고 하는 극한은, 그것이 비록 삶에 대한 우리의 이해와 태도에 극적인 전환이 이루어지는 계기가 되는 것은 분명하지만, 그것이 우리 삶 속의 특별한 사건이거나, 별탈이 없다면 임종의 순간에나 맞게 되는 그런 극단적 상황인 것은 아니다. 그렇게 생각하는 것은 삶의 진실한 모습을, 따라서 죽음의 진실을 은폐하는 것이다. "우리는 죽음의 웃고 있는 입이다." 릴케의 이 시구는 "살아가는 것은 죽어가는 것이다"고 하는 세간의 통찰을 긍정하고 있다. 만약 죽음이 삶의 힘에 대립하는 힘이라면 그것은 웃지 않고 매 순간 삶의 힘을 파괴하기 위해 폭력을 휘두를 것이다. 반대로, 삶이 죽음과 동일하다면 죽음이 우리를 꼭두각시처럼 웃게 하지도 않을 것이다. 삶의 매 순간 우리는 한편으로는 죽고, 또 한편으로는 사는 특이점의 상속으로 산다. 우리의 현전은 언제나 동시에 죽음의 현전이다. 이 생즉사(生卽死)의 과정은 무력(無力)의, 곧 죽음의 질서를 따른다. 이 질서는 힘의 원리가 아니기 때문에 그 자체로는 거의 아무것도 아니다. 또 이 질서 위에서는 어떤 힘도 힘으로 정립되지 못한다. 바로 그렇기 때문에 이 무(無) 위에서 모든 힘이 허용된다. 만약 삶의 운동이 죽음이 아니라 삶의 질서를 근본으로 한다면, 우리는 삶의 폭력에서 벗어날 수 없고, 그 운명은 고통스럽고 비참할 것이다. 죽음을 버린 삶은 좀비의 삶이다.

눈물이 지닌 부정의 힘은 핍박하는 삶의 폭력에 대하여 그것에 맞섬으로써 결국 그 폭력의 질서에 굴복하는 상대적 힘이 아니다. 눈물은 다만 힘이 궁극적으로 돌아갈 무력의 평면으로 힘의 시선을 돌리게 하고, 힘이 서 있는 그 자리를 보게 하는 것이다. 어떤 힘이든 힘은 눈물-죽음-침묵이란 세 가지 모습을 가진 무력의 탄원 앞에 자신을 방어하지 못한다. 그것이 자신의 원천

이기 때문에. 셰익스피어의 또 다른 비극, 《맥베스Macbeth》는 그것에 저항할 때 스스로에게 돌아오는 자기 분열과 파괴의 필연적인 과정을 보여준다. 우리는 눈물 앞에 스스로를 방어할 수 없거니와 눈물로 우리를 방어할 수도 없다.

일만 미터 상공에서 바라본 중앙아시아의 황야. 바탕을 다갈색 오일 물감으로 뭉개어 놓은 듯하다. 그 바탕의 한쪽 면에 흰 정수리와 검은 골의 주름이 어기차게 파여 있다. 천산산맥과 힌두쿠시의 주름일 터다. 채도가 좀 더 낮은 인접한 부분은 돌아올 수 없다는 타클라마칸 사막인 것 같다. 그것들이 믿을 수 없이 작게 보였다. 침묵으로써 거부하는 대지의 위대한 몸짓이 참으로 사소해 보였다. 사막을 비껴 한쪽에 곧은 실금 하나가 길게 그어져 있다. 축척을 어림해도 그 거리를 헤아리기가 어렵다. 직선 하나. 대지에 그어진 생채기 같은 한 줄 직선. 그것은 기하학을 삶 속에 각인할 수 있었던 어떤 생명을 가리키고 있었다. 마치 수만 년 전 이미 사라진 듯한 어떤 존재의 흔적, 인간은 이미 사라지고 없는 자코메티의 메마른 손가락처럼, 말하지 못한 말의 흔적이 거기 한 줄 직선으로 묻혀 있었다. 헐벗은 인간을 말하는, 지워진 말의 시간이, 무력하고 벌거벗겨진 그러나 삶이란 시련의 극단에서 파열하는 인간의 말로서, 그 말로서의 인간을 말하는 말이 흐느낌처럼, 작은 대지의 눈물이 거기 침묵 속에 묻혀 있었다. 풍화하고 마멸시키는 힘을 삶으로써 견디며 지워져 가는 흔적, 그 절대적 폭력과 자신의 무력을 드러낸 흔적. 그리고 스스로 지워지며 그저 하나의 헐벗은 자리로 남는 침묵. 그러므로 사랑하는 자여, 침묵 위에서 다시 말 하라!

침묵은 어떤 희유한 때에 침묵의 지각을 가지므로, 그로써 침묵은 침묵 이상이 되기에, 그것은 죽음의 얼굴 이상으로 눈물이란 얼굴을 지니고 있다. “눈물을 흘리는 나의 얼굴이 빛났으면! (R. M. 릴케)” 울음은 파열하는 것이다. 극단적인 한계에 내몰린 말의 힘이 파열하는 한계이자, 침묵이 눈물로 파열하는 한계이다. 울음은 최초의 말은커녕 궁극의 말 같은 것도 없음을 증거한다. 그것은 단순히 말의 최후다. 말이 죽을 때, 말이 죽은 다음, 처음도 끝도 없이 파열하는 것, 그것이 눈물이다. 그 울음소리는 비 오는 숲의 고요함과 같고, 고요한 숲이 소곤대는 빗소리와 같다.

우는 자, 그는 허물어지는 자이다. 울 때, 그의 오랜 시선과 그의 표정에 구현되어 있던 언어의 근육이 허물어지고, 얼굴이 허물어진다. 울 때, 우는 자는 더 이상 인간 중의 한 인간이 아니다. 울 때, 그의 존재의 반석이던 낱말과 문법의 억센 구조가 허물어진다. 그의 인격의 성취이던 낱말과 문법의 기둥들이 허물어진다. 우는 자에게는 일인칭을 지시하는 모든 말이 허물어진다. 그 말들이 없고 그의 일인칭도 없다. 눈물은 단적으로 이 일인칭의 무너짐을 고하는 것이다. 마지막으로 남은 것은 침묵뿐. 이 침묵과 다툴 수 있는 말은 없다. 그의 얼굴이 눈물로 허물어지고 없을 때, 그를 보던 엄중한 삶의 시선도 언어의 근력을 잃고 스러진다. 그의 삶-세계 전체가 언어의 토대를 잃고 스러진다. 그의 친숙했던 세계가 보편타당한 진리의 말들과 함께 스러진다. 눈물은 여기, 이제 이 파천황의 허공에서 빛난다. 우는 자, 그렇게 다 잃고, 다 버려 가벼워졌으니 허공에 떠 있을 준비가 되었다. 그저 하나의 빈자리가 되어. 이 자리로서, 침묵이 침묵 이상이듯, 그는 그 이상의 그, 그에게 가장 멀리서 여기에 오는 타자이다. 눈물의 사건에, 아무 매개 없는, 다만 무한히 그 낯선 타자에게로 열리는 떨림이 있다. 만들어질 수도, 기다릴 수도 없는 사건, 다만 무력함으로써 반-폭력의 폭력 속에 벌거숭이로 노출될 때, 약속할 수 있는 아무것도 없는 눈물. 형제도, 벗도 되지 못하는, 그러나 그로써 벗이 되는, 타자에게로, 바깥으로 내어주는, 바깥이 나의 자리에 그를 내어주는 황홀 — 눈물.

이춘명 cm0187@hanmail.net

서울 사람
담임
아이 시인

서울 사람

호우주의보 발령 하천 주변 산책로 계곡 증량 시 출입 자제 누수로 등 위험 지역에는 가지 마시오. 하천 범람주의령 개시 휴가철 물놀이 안전사고 예방 알림 야간 음주 후 수영금지 너울성 파도 및 미끄러움으로 추락 위험이 있으니 위험 지역 갯바위 방파제 등 출입 금지 여름철 수상 안전사고 발생이 매우 높은 시기입니다. 물놀이, 낚시, 수상 레저 활동 시 구명조끼 필히 착용 등 안전 수칙을 반드시 지켜 주시기 바랍니다. 위험 보험 가입 적용 확인이 필요합니다.

여러 사람이 사용하는 공중 시설에서 돈의 힘은 보인다. 파라솔, 선 베드, 조끼, 튜브의 크기 색깔 기능이 소유와 대여 시간과 반납 자유와 이용 규칙으로 등급이 나눠진다. 계급이 보인다. 무료 이용은 선착순 기다림에 줄을 선다. 불편사항 안전 관리 청결에 돈은 분명히 드러난다. 옥상 야외 루프탑 실내 수영장 존과 바다의 시선이 직각과 직선의 갈림길에 현금의 힘이 크다.

캔 맥주와 안주 선택 사항에 주저하는 가난과 지르는 갑의 음성은 확연히 다르다. 서울 산동네 일당직 노동자가 겨우 할당받은 이틀은 속초항 아주 작은 부분에서 비교되었다. 쓰는 돈의 부피만큼 하루 일해서 받은 땀의 효과는 바가지 요금이 아니라도 한 시간 소비에 부족하다. 대기업 리조트 0606 사불함은 제한 시간 내의 자유 면적이다. 그늘을 사고 뜨거운 시멘트 바닥 위 붕 떠 있는 망사 의자에 선크림 발라도 염색되는 대낮 태양열에 대항하는 지붕 근력이다.

경쟁에서 피하고 싶어 떠난 곳에서 집 밖의 안전거리는 돈으로 깔리고 보호막이 세워진다.

구별되고 격리되는 것은 나만큼의 능력이다. 타인의 경계선은 내가 결정하고 선택하는 외곽이다. 내년에 다음에 또 오자 늘 거짓말로 아쉬움을 남기는 여행은 실제로 가난을 실감하게 한다. 어른이 자녀에게 하는 선한 허풍은 여름에 특히 방학 휴가철에 남발되지만 용서된다. 이틀의 과소비와 행복의 착각으로 두 달 허리띠를 조이는 후일담과 고통으로 맞바꾸게 되지만 이런 최소의 과감한 일탈이 보호자 부모의 의무 조항에 버젓이 살아있는 현실에 살고 있다.

냉방기 없이 잠들지 못하는 밤과 찬물 목욕으로도 견딜 수 없는 열돔에서 잠시 낮과 밤을 바꾼 용감한 잘사는 사람 체험해 보기는 언젠가 추억이 되고 단 한 번의 기억이 될 수도 있는 평범

한 서울 사람의 일기장 한 페이지다. 전기 과부하로 누전 온열질환으로 얼굴 찡그리는 긴 8월은 장마철 습한 7월과 들떠있던 6월을 잊게 한다. 입추라고 가을이 불쑥 오지 않았다. 말복이 남아있고 처서 지나 매미 소리가 어느 날 뚝 - 끊기고 파란 대추알의 추석 명절이 지나가면 새벽이나 밤공기에 미풍이라도 창문으로 들어올까 기대할 뿐이다. 날씨는 오로지 사람 몫이다.

사나운 소나기로 서울에서 출발하고 여우비로 강원도 길에서 주춤하였다. 맑은 하늘 쏟아지는 물줄기는 우산을 늘 들고 다니는 버릇을 길들게 한다. 해변가에서 돌고 있는 속초아이 전망대 관람차도 수평선을 보여주지 않는 비와 자외선의 변덕에 다만 해파리가 없는 것을 감사히 수용하게 한다. 정수리 위에 해는 매일 떠오르듯 어제와 오늘 내일은 분명히 내 앞에 있다. 밤마실에서 만나는 타지인과 그들을 기다리는 현지인의 수입의 크기는 서로 돈으로 연결된다.

서울의 돈이 속초 바닷가 모래알과 섞여 있다. 서울 시민이 비린 물에 씻기고 있다.

담임

전근 왔다. 퇴직이 가까운 나이의 여선생님이다. 모든 게 새 학교에 서투르다. 병설 유치원 3년, 초등 3년까지의 익숙하고 능숙함으로 안내와 설명을 친절히 한 아이는 곱게 보였다.

"많이 도와주었어요. 적응하는데 한결 쉽고 편했어요. 1학기 내내 고마웠어요."

웬만한 학부모 질문이나 건의사항에 흔들림 없는 단단한 사람이다. 차별을 하지 않고 성적, 실적, 노력, 경쟁에 무심하고 쓸데없는 간섭이나 관심을 애초에 싹둑 잘라 놓는다. 보통 수준의 진도만 유지하려는 교육 철학에 어떤 거리낌이나 방해 의견은 묵살된다. 특히 일기 숙제가 없다. 본인이 그 나이 때 가장 싫었던 것이 일기 쓰기여서 같은 괴로움을 주지 않으려 한다. 독서록도 몇 권의 숫자에 무관하다. 아이 스스로 고른 책을 여러 번 읽는 정도로만 인정해 준다. 공부에 열정적인 엄마들에게 그다지 환영받지 않은 결심이 도리어 학습 부진 우려 학생에게는 다행이다. 관리해야 할 2명에 집중 도움으로 보통의 평범함이 약간 손해 볼지언정 평화롭다.

아이들은 하루 종일 책을 만진다. 나무의 냄새를 맡으며 공감각적 습관으로 자란다. 서로의 순간을 채우며 생활에 모든 감정을 책을 통해 친구를 통해 담임선생님을 통해 온몸으로 습득한다. 삶을 만들고 나이를 짓고 예의와 교양과 질서를 호흡 안으로 집어넣고 있다. 기온 위기로 러브버그가 방충망이 있는 방 안에서 살충제나 물 폭탄에도 끄떡없이 살아 천장에 붙어 있는 것같이 아이들은 담임의 세세한 소소한 말과 행동과 계획으로 세상에 나갈 준비를 한다. 짝이 없는 책걸상의자의 개별 자리 둘이 아닌 네 명의 모둠 활동은 더 드러나고 더 보여지는 약점과 장점과 강점의 소규모 치열한 현장의 게임이다. 부모가 해줄 수 없는 범위를 담임은 혼자 22명을 책임지고 직업의 이름으로 의무를 다하는 똑같은 시간에 여러 성향이 다르다.

1학기 6개월 잘 지냈다. 가슴 아팠던 지난해를 잊을 수 있게 마음 넉넉한 담임은 일터로 향하는 직장 맘에게 위로와 확인과 안정을 충분히 준다. 믿고 맡길 수 있게 하고 어떤 소감이나 평가에 편파적인 대우가 없음을 늘 매일 수업 시간의 이야기를 하는 아이의 표정에서 느낄 수 있다. 좋은 부드러운 너그러운 선생님을 만나는 것은 최소 1년이지만 그 기억과 후폭풍으로 평생을 좌우한다. 10살이 되는 동안 담임은 해마다 9번을 겪어봤다. 보육 돌봄 교육의 다른 단계에서 올해의 담임으로 온 인연은 아마도 아이의 평온한 회복을 위한 하늘의 보살핌 같다. 방과 후 수업 중에 역사반도 1학년부터 3년 동안 관찰하는 시선으로 덕담과 조언을 해주어 힘들고 외롭고 쓰라린 시간에 다시 일어서게 해주고 긍정적인 발전으로 힘을 주었다. 어떤 선생님을 어떤 나이에 어떤 상황에 같이 부비고 정 들이고 의논하느냐에 따라 아이는 달라진다.

정기적인 치료와 복용으로 전문의 담당의가 있고 나이에 맞는 육체적 정신적 발육을 위해서 애써주는 많은 선생님의 노력으로 평범하게 조금은 친구들보다 뒤처지지만 보통 아이로 자라는 남자아이는 이제 독립적인 행동을 연습하며 저학년에서 중학년을 찍고 고학년을 향해 매일 한걸음 한 땀씩 나아지고 있다. 그 모든 것에 가장 기초적인 출발점에 담임이 있다.

아이 시인

단체 창에 딸 자랑을 하는 엄마는 자기만의 1등을 소개한다. 학교에 입학하고 한글을 줄줄 읽은 후에 보고 느끼는 자기감정을 표현하는 나이는 2학년부터이다. 명시를 읽고 난 후 따라 쓰기, 베껴 쓰기, 비슷하게 흉내 내기를 한다. 글자 수를 맞추고 형식을 끼우면 아이만의 이야기가 나온다.

"우리 아이가 시를 썼어요!"

"첫 시예요!"

이미 그 과정을 지난 학부모의 눈에는 별거 아닌데 실웃음이 난다. 그땐 다 그래. 뭐 다른 것도 없어, 라는 속마음을 누르고 - 와우!! 대단하다! - , - 천재다! 영재 발굴이다! - 답글에 충실하다.

- 시인이 탄생했네! - 댓글을 달아야 관계 유지가 된다. 읽음이 확인되고 반응을 줘야 한다.

등단하고 동인지에 줄기차게 자기 분량 매수의 작품 발표를 하고 있다. 페이지 중 한 켠을 아이에게 배려하고 양보하는 잠깐의 예상외의 기발한 기쁨은 적중했다. 시라는 장르를 글이라는 익숙한 글 놀이판에 미성년자 아이 한 명을 초대했다. 친구들에게 학원에 가서 이웃에게도 학교 내에서 자랑하고 소개하는 모습이 보인다. 무언가 뿌듯하고 쓰는 일기마다 기록마다 작품으로 되는 흐뭇한 자아도취의 주문이 새롭게 시작된다. 어른 시인이 안내자가 되었다,

나도 비슷한 경로로 글쟁이가 되었다. 너무나 억울하고 화가 나서 일반인에게 고발하여 관습과 못된 버릇과 굳어진 갑질 태도를 단번에 호되게 고쳐 보려고 수기 공모전에 일상을 보냈다. 두둑한 상금과 상장과 명예가 문인들 세계로 들어가게 한 계기가 되었다. 조금씩 보통 사람이 적게 가는 모임에 어울리면서 이 시인, 저 수필가, 동화작가, 소설가, 연극인, 연출자 등등 두루두루 만나면서 이런저런 길이와 방법으로 글 마당 변두리에서 찝쩍거리며 건들대고 있다.

선한 영향력은 내가 할 수 있는 능력과 범위로 이웃을 주위를 눈 뜨게 하는 것이다. 누군가를 합류시키고 희망을 주게 하는 방법이다. 숨겨진 재능을 찾게 하는 정당한 발굴이다. 나는 글을 쓰는 사람으로 시인으로 9살 시인 한 명을 소개한 일에 부끄럽거나 속도위반이 아니라 말한다. 시인의 의무와 책임은 그 아이 가슴에 샘솟는 시심을 살짝 건드려 주는 그 정도이다. 발표된 본인의 시를 보고 기뻐하고 엄마 아빠가 고마워하면 세 사람의 인연

결이는 두둑하다. 가까운 지인 절친 그로 인한 거미줄 사람들 관계도는 더 두터워진다. 모든 얽히고설키는 공동체에서 나는 나의 몫으로 나의 사명을 다했다. 한 사람이 소개한다는 것은 하나의 세계를 만드는 사명이고 사역이다. 아름다움 욕심으로 10년 후에 그 아이 이름을 뉴스에서 볼 수도 있겠지. 20년 후에 그 아이 이름으로 미소를 지을 수 있을 거야. 30년 후에 그 아이 이름을 꺼내는 내 입에서 향기가 나온다면 하는 내가 그 아이를 우대하고 존경하게 되는 그날을 기다린다.

책 한 권을 들고 시 한 편을 낭독하는 지금 아이와 먼 날의 아이를 나는 이미 가슴에 담는다. 나의 실력이 미미한 것을 나는 인정한다. 나의 그릇만큼 나는 도우미를 한다. 열심히 글을 쓰고 발표하고 보여주고 나눠주는 보이지 않는 미련한 성과가 가장 적은 일을 하며 늙고 있다.

어른 시인은 빠르게 사라지고 아이 시인은 신속하게 드러나는 시 세계를 기다린다.

주미경 dpch0130@naver.com

나는 나다
고양이 집사
공중전화와 휴대전화

나는 나다

밤사이 눈을 감았다 떴는데 해가 바뀌었다. 휴대전화는 새해 인사로 카톡 음이 요란했다. 되돌아가고 싶었던 상황도 이젠 돌이킬 수 없는 추억이 되었고, 과거의 시간 속으로 빨려 들어가 사라졌다. 해마다 연말이 되면 비장한 각오로 영등포에 있는 대형 서점에 나는 간다. 그곳에서 다양하게 진열된 다이어리 노트를 꼼꼼하게 살펴보았다. 적을 내용과 공간의 실용성을 확인하고, 노트를 구매하였다. 집으로 돌아오는 길이 마음 뿌듯하였다. 새 노트에 1년간의 계획을 정리하고 버킷리스트를 썼다. 세월의 흔적만 남은 지난해 노트를 펼쳤다. 올해의 계획과 지난해의 계획을 비교해 보고 새하얀 여백에 깨알 글씨로 꾹꾹 눌러 적었다. 아쉬움이 가득하다. 계획을 이루었던 버킷리스트에 빨간 줄을 그었다. 그리고 이루지 못한 버킷리스트는 다시 새 노트에 옮겨

적으며, 이루고 싶은 꿈의 희망을 가슴속 깊이 저장하니 행복하였다.

수필 작가로 등단 팔 년이 되었다. 작가가 되었던 시기부터 나는 버킷리스트를 적기 시작했다. 해마다 적고 달성한 버킷리스트는 빨간 줄을 그었다. 그어진 목표가 점점 늘어만 갔다. 그 결과 60%의 버킷리스트를 달성하였다. 평생 꼭 이루고 싶은 버킷리스트는 내가 세상 떠나기 전에도 이루기 힘들 것이다. 그러나 꼭 이루고 싶다는 생각은 변함이 없다. 시간이 지날수록 점점 촛불의 수가 늘어가고 있다. 생각이 점점 흐릿해지고, 아니 엷어지고 있다. 몸과 생각이 따로이면, 나의 마음속에 걸었던 희망은 흩어진 꿈이 아닐까?

2024년 푸르미르[3] 청룡의 해가 밝았다. 붉은 여의주를 물고 세상을 호령하듯, 부리부리한 눈이 불화살을 쏠듯 매섭게 그려진 용 그림을 보았다. 실제로 용과 만난다면 얼마나 무서울까? 새 희망을 안고 기대에 부푼 새해를 맞이한 사람들은 어떤 희망을 안고 한 해를 살아갈까? 푸른 용이 물고 있는 여의주가 뚝 떨어져 품에 안기는 꿈을 꾸고, 종일 싱글벙글 웃는 사람도 있었다. 구렁이 꿈을 꾸고, 아들 태몽이라며 좋아하는 사람도 있었다. 용꿈을 꾼 사람은 벌겋게 상기된 모습으로 복권을 사기 위해 길게 줄을 섰어도 행복한 모습이었다. 소망도, 기대도 더욱 많아진 해가 올해가 아닌가 싶다. 비록 용꿈은 꾸지 못했어도 나는 당당하게 노트에 적었다. '나는 나다' 누가 뭐라고 해도 당당해질 필요

3 청룡의 순수 우리말

가 있다. 늘 우물 안에 갇힌 개구리와 같은 내 삶은 아직도 작은 공간에서 허우적거리고 있다.

지난해 잠시지만 손 글씨 수업에 참여하였다. 수업시간에 각종 작품을 만들 기회가 있었는데, 그중에서 제일 마음에 드는 것은 나의 글씨가 새겨진 취침 등이었다. 나는 등 표면에 밝게 빛나는 이야기로 꽉 채우고 싶었다. 앞면은 '나는 나다' 뒷면은 '꿈을 말하면 이루어진다.' 짧은 글귀 안에 내 마음이 가득 채워져 마음이 날아갈 듯 행복했다. 보고 또 보며 작은 전구에 불을 밝혔다. 어둠 속에 빛나는 작은 불빛은 내 얼굴을 환하게 비추었다. 삶의 행복이 이런 것일까? 꿈을 말하고 도전하는 나의 마음을 향해 토닥여 주었다. 나의 팔과 다리를 주무르며 안마하듯, 톡톡 두들겨 주었다.

누군가 나의 장점을 말해 보라고 했을 때, 나는 많이 망설였다. 장점보다는 단점이 더 많다고 생각했기 때문이다. 오십 대 중반의 나이가 되어, 예전과 달리 점점 성격이 급해진다. 나의 성격을 제어하기가 힘들다. 말을 빨리하려니 오히려 혀가 꼬인 듯, 발음이 부정확하고 상대방과의 의사소통이 원활하지 않았다. 고집스러운 판단으로 매사에 직관적인 행동이 나에게는 장점 또는 단점이기도 하다. 단체 모임에서 나는 친화력이 좋다는 말과 매사에 긍정적이라는 말을 많이 들었다. 그러나 친화력도 긍정적인 생각도 세상 사람들과 쉽게 소통의 정점을 찍지는 못했다. 순진한 인상은 오히려 이용당하기도 하고, 그로 인해 마음의 큰 상처로 남았다. 사람과의 관계가 그냥 좋다고 이어지는 게 아니라는 것을 뒤늦게 깨달았다. 나이가 들수록 자꾸만 뒤를 돌아보게 된다. 지난날의 후회된 일들이 내 발목을 잡았다. 그렇다고 뒷걸음질 친다고 해서 다시 돌아가지도 못하고, 내 성격이 쉽게 바뀌지도 않는다. 무언가에 쫓기듯, 급하게 밥을 먹었다. 시간을 다투는 일도 아닌데 급한 걸음으로 길을 걷고, 자동승강기가 오르내릴 때는 미리 버튼 누르기에 바빴다. 그런 내 모습에 남편이 어이없다는 표정을 지었다. 아이처럼 왜 내가 그런 행동을 하고 있는지 생각하니 부끄러워 고개를 들 수 없었다. 나는 아마도 착한 어른의 트라우마에서 벗어나지 못하고 있다는 생각을 하였다. 집으로 돌아와 거울 속의 나를 보았다. 그저 바라만 볼 뿐, 아무 말도 하지 못했다. 살아온 시간이 미안하고 고마워서다. 이제는 지난날의 후회된 시간을 마음 밖으로 던져 버리고, 온몸을 토닥이며 나에게 용기를 주고 싶다. 그 누가 뭐라고 해도 나 자신을 믿고 싶다. 늘 응원하지 못한 반성과 이제는 함께 마음으로 아끼고 사랑해야 할 대상이 '나'라는 것을 거울 속에 똑 닮은 나를 바라보며

"미경아! 네가 있어서 참 다행이다. 그런 네가 참 좋다. 건강한 모습으로 앞으로 전진만 하지 말고, 상하, 좌우도 살펴볼 수 있는 여유를 가져보자. 오늘도 너를 사랑해!"

고양이 집사

좋은 인연은 어떤 인연일까? 문뜩 생각하게 된다. 사람과의 숱한 인연도 있지만, 동물 또한 인연이 되어 삶과 죽음을 넘나드는 상황도 반복하면서 찾게 된다. 어릴 적부터 아버지는 개와 고양이를 데려와 키웠다. 물론 유독 고양이를 좋아하는 나를 위한 배려라고 생각했다. 성장하며 성인이 된 내가 결혼했을 때까지 집에는 늘 개와 고양이가 있었다. 길에서 만나는 고양이도 그냥 지나치지 못하고

"야옹, 나비야 밥은 먹었니?"

불러보고 눈을 맞춘다. 고양이 야광 눈이 커지며, 내 뒤를 바짝 쫓아오는 일이 여러 번 있었다. 책임지지 못하는 상황을 고양이에게 일일이 설명할 수 없는 안타까움이 마음을 아프게 하였다. 사람의 선택도 중요하지만, 동물의 교감에서 이루어지는 동물의

선택도 중요하다. 고양이의 일방적인 간택에 당황하면서도 고마웠다. 안고, 데려가고 싶은 마음은 무척 강했다. 그러나 딱 거기까지이다. 고양이를 불렀던 순간을 후회하는 일이 여러 번 있었다. 어떤 고양이는 새끼 고양이를 데리고 따라오기도 하고, 또 어떤 고양이는 불룩한 만삭의 몸으로 뒤뚱거리며 끝까지 따라와서 미안한 마음으로 돌려보내야 했다.

2024년 7월 30일 콩시리가 떠난 지 이 년이 되었다. 고양이 콩시리는 십 년을 채우지 못하고, 가족의 품이 아닌 고양이 별로 떠났다. 함께 지냈던 시간이 이제는 그리움으로 남았다. 있을 때, 잘해 주었던 기억보다 못했던 기억이 더 많이 나서 마음이 아프고 슬펐다. 지나온 시간을 거슬러 올라가면 갈수록 콩시리에게 위로를 받았던 기억을 뒤늦게 하게 되었다. 온종일 글을 쓰는 내 곁에 네 다리를 늘어뜨리고 편안하게 누워있던 모습이 지금도 눈에 선하다. 어쩌면 고양이의 코 고는 소리를 들으며, 그동안 글을 쓸 수 있었다는 생각을 새삼 하게 되었다. 지금은 휴대전화에 영상으로나마 위안을 받으며 이렇게 글을 쓴다. 어릴 적, 여러 번 고양이, 강아지와 이별을 했음에도 불구하고, 육십을 바라보는 나이인데도 인정하려 들지 않는 내 마음은 아직도 철없는 아이로 멈춰있다. 유년기에 겪은 동물들과 이별의 충격이 차곡차곡 쌓인 모든 것들이 트라우마로 남았다.

도서관에서 필요한 책 몇 권을 대여해서 정문을 나와 계단으로 걸어 내려갔다. 그런데 계단 중간쯤에 노란 고양이 한 마리가 앉아 있었다. 나는 그냥 지나치려다 고양이 머리를 쓰다듬었다. 길고양이 습성상 빠르게 도망을 치는데, 고양이는 분명 사람 손에 컸던 모양이다. 익숙한 듯, 얼굴을 내 손에 비비며, 내 얼굴을 올려다보고 눈을 껌벅였다.

"밥은 먹었니?"

나는 고양이에게 빈손을 내보이며,

"미안하다."

는 말만 반복하며, 계단을 내려왔다. 길을 걷다 뒤를 돌아보니, 고양이가 빠른 걸음으로 내 뒤를 졸졸 따라오고 있었다. 사람이 동물을 간택하는 수도 있지만, 고양이가 주인을 간택하기도 한다는 말을 들었다. 아마도 내가 한 말과 바라보는 눈의 진심이 느껴졌나 보다. 대로변이 가까울수록 자동차가 쌩쌩 달렸다. 잘못하면 큰 사고가 날까 염려가 되어, 뒤따르던 고양이를 조심스럽게 안았다. 순순히 내 품에 안기는 고양이는 고개를 들고, 내 눈을 처음 만났을 때처럼 올려다보았다. 유리알처럼 반짝이는 두 눈을 보는 순간, 내 마음은 혼란스러웠다. 마음이 흔들렸다. 안고 집으로 가고 싶었다. 분명 가족들의 반대가 심하리라는 생각에, 할 수 없이 고양이가 처음 앉아 있던 자리에 내려놓았다. 뭉클한 따스함이 내 품에서 흔적을 남겼다.

"나는 너의 주인이 될 수 없어. 미안하다. 길은 안전하지 않으니 이곳에서 꼭 있으면, 나보다 더 좋은 주인을 만날 수 있을 거야."

고양이는 내 말을 알아들은 듯, 나를 물끄러미 바라보며 가만히 앉아 있었다. 도로를 향해 걷는 발걸음도 마음도 무척 무거웠다. 고양이 콩시리를 떠나보낸 후, 가족들이 받은 슬픔과 충격이 너무나 컸다. 언제든 만남이 있으면 이별이 있다고 하는데, 너무 빠른 이별에 상처가 깊고, 크다. 마음의 회복 또한 느리기에 다시

고양이를 키우자는 말을 하지 못했다. 사람들은 다른 고양이를 다시 키우면 전에 떠난 고양이의 기억을 차츰 잊게 된다고 말하지만, 쉽사리 기억에서 사라지지 않는다. 오로지 귀엽다는 이유로 동물을 키우는 것이 아니라 아이를 키우듯, 최선을 다해 끝까지 책임질 수 있는지를 생각해야 한다. 반려동물을 키우는 반려인이 일천만 명이 넘었다. 휴가철에 고속도로 휴게소나 인적이 드문 야산 근처와 섬에 많이 버려지는 수가 늘어나기도 하고, 유기견 보호소는 넘쳐나 입양이 어려워진 반려견이나 반려묘는 안락사 위기에 처하기도 한다. 집에서 키우던 반려동물은 야생에서 살아남기 어렵다. 주인의 배려와 사랑으로 편안했던 환경과 사료에 익숙해져 있고, 깨끗한 물을 마시며 편안한 잠을 자 왔기 때문이다.

어쩌면 생각보다 일찍 멀리 있는 길을 떠나야 했던 고양이 콩시리는 행복을 안고 갔을 것이다. 주인의 품에서 떠날 수 있었던 동물이 얼마나 될까? 콩시리는 나를 어떤 주인으로 기억하고 떠났을까? 마지막 순간까지 까만 동공이 가족을 기억하듯, 바라보던 시선을 잊지 못한다. 내 머릿속에 저장하고, 가끔 마음으로 꺼내 보는 콩시리!

공중전화와 휴대전화

길을 걷다가 파란 공중전화 부스가 눈에 들어왔다. 이십 년 전에는 길게 늘어선 줄이 줄어들기를 기다리며, 시간을 다투었던 기억이 어슴푸레 떠올랐다. 이제는 사람들의 발길이 뜸해진 공중전화의 기억을 더듬으며, 슬며시 공중전화 부스 안으로 들어갔다. 안에는 옛날에 기억했던 주황색 전화기가 아니었다. 은색 전화기로 왠지 낯설었다. 전화기 옆에 적혀 있는 글귀가 마음속으로 쏙 노크도 없이 들어왔다.

'어쩌다 한번, 제가 필요한 순간이 왔을 때, 마음 편히 찾아오시도록 기다리고 있겠습니다.'

이 얼마나 감동적이고 좋은 말인가? 마음이 뭉클했다. 길을 지나칠 때, 전화 수화기를 들고 있는 외국인의 모습을 가끔 보았다. 아마도 공중전화는 그 순간을 기억하고, 행복했을 것이다. 가족을 그리워하는 타국인, 그들에게는 지치고, 힘든 순간에도 큰 힘이 되었을 것이다. 언젠가 방송에서 외국인 노동자의 고된 삶을 보게 되었다. 힘들게 살아가는 그들에게 전화기는 삶의 희망이고, 기쁨이었을 것이다. 어쩌면 공중전화에 적힌 글귀가 외국인에게 큰 힘이 되고, 위로되었을 것이다.

1983년부터 전성기였던 무선호출기 삐삐가 기억났다. 그 당시 삐삐 호출 번호가 소통의 도구였다. 여성들 핸드백에서 울리던 삐삐, 남성들 허리춤 벨트에 매달려 가던 삐삐에 찍힌 전화번호는 우리 삶에 기분 좋은 소식이었다. 삐삐가 울리면 제일 먼저 찾은 곳이 공중전화였다. 길게 늘어선 줄이 애타게 줄어들기를 바라보며 기다렸던 젊은 날의 순간이 떠오른다. 누군가는 긴 줄도 생각 않고, 눈치 없이 긴 통화로 인해, 말다툼으로 이어지는 모습도 여러 차례 보았다. 술에 취해 전화기를 들고, 화풀이하는 사람이 있는가 하면, 부서지게 수화기를 바닥으로 내동댕이치는 사람도 있었다. 지금은 휴대전화가 대중화되면서 공중전화는 관심 밖의 존재가 되었다. 누군가에게 손짓하며, 다가오기를 무척이나 기다렸을 것이다. 비를 피해 들어가고, 추위를 피해 잠시 몸을 녹이는 곳이 공중전화 부스의 현실이다. 지금은 어린아이부터 노인에 이르기까지 휴대전화를 가지고 다닌다. 길을 걸어도, 버스나 지하철을 타도, 휴대전화에서 시선이 머물러 주변을 둘러보는 사람이 드물다. 물론 나도 그들 중 한 사람이다.

팔십을 바라보는 친정어머니는 주머니나 가방에 꼭 휴대전화를 챙겨 다니며, 길가에 피어난 꽃 사진도 찍고, 만보기 기능 앱을 설치해서 매일 만 보의 걸음 수를 채웠다. 하루를 마감하는 시간에 제일 중요하게 여기는 만보기를 보고 체크를 한다. 그리고 달성하면 적립된 포인트로 손자들 간식을 사주는 즐거움으로 열심히 걷고 또 걷는다. 어머니의 만 보 걸음은 목표가 되어 더욱 건강한 모습이 되었다. 휴대전화는 어머니 삶의 낙이요, 행복이다. 여행 계획에서 예약까지 자식들 도움 없이 일사천리 처리하고, 필요한 물건도 클릭하고 누르면, 택배로 다음 날 집 현관문 앞으로 빠르게 배달되었다.

"애 어미야! 무겁게 장 볼 일이 없어서 좋다."

활짝 웃는 어머니의 모습이 멋져 보였다. 보고 싶은 얼굴은 언제든 영상 통화하고, 길을 모르면 길 안내까지 도움을 받기도 한다. 이렇게 날로 발전하는 휴대전화로 인해 공중전화는 점점 쇠퇴하여 외롭게 서 있을 수밖에 없다.

몇 년 전 회사에 출근해서 업무를 시작하려는데, 휴대전화의 액정이 까맣게 되어 당황한 적이 있다. 그로 인해 모든 세상이 멈춰버린 듯, 하루가 길고 불안해서 아무 일도 못 했다. 한순간에 나의 머릿속도 모든 내용이 싹 지워진 듯, 남편과 가족들 연락처가 하나도 생각나지 않았다. 외우려고 노력하지 않은 나의 안일한 생각이 불편을 초래하였다. 나도 모르는 사이에 휴대전화의 포로가 되었다. 나는 바보가 되었다. 모든 기억에서 나를 지운 것처럼 마음이 무겁고, 어두웠다. 다음 날 출근하기 전에 우선 휴대전화를 서비스 센터에 맡기고, 암흑처럼 답답한 하루를 보냈다. 연락 오는 곳도 없고, 모든 업무에서 배제된 기분이 들었다. 어쩌면 쉬라는 뜻이라고 생각했다. 무궁무진한 이야기와 추억이 휴대전화 사진첩에 담겨 있다. 저장되어 있는 모든 문서와 자료, 물건을 구매하기 위해 등록된 카드와 은행 거래까지 모두 휴대전화 안에 가득 보관되어 있다. 손가락 하나로 클릭하고, 저장하고 누르면 모든 일이 착착 잘 진행되어 편리했던 휴대전화의 부재가 얼마나 힘든지 말로 표현이 어렵다. 점점 두뇌를 이용하지 않고, 손가락 하나에 의존하는 세상에 나는 살고 있다. 기계화가 편리하지만, 그 편리함으로 인해 사람은 병들어가고 있다. 아니 이미 휴대전화의 포로가 되어, 가장 소중한 것을 잊고 사는지도 모른다. 무엇일까? 서로가 존중하지도, 믿지도 못하는 작은 손바닥의 세상이 아닌가 싶다. 서비스 센터에서 찾아온, 휴대전화의 작은 세상을 열고, 환한 웃음을 짓는 나는 포로이며, 바보다.

소설

일러두기

1. 제주어와 사투리를 대화에 활용했습니다. 정확한 표기법 대신 발음대로 적었음을 알립니다.
2. 실제 인물과 사건과는 전혀 무관한 이야기입니다.

차영민 cym8930@nate.com

바람의 경계에서

아무도 알려주지 않았다. 내가 가야 할 곳을. 최소한 평생을 머물렀던 이곳을 언젠가는 떠나야만 하는 걸 알고 있다. 다만 그동안 그 사실을 부인하고 싶었을 뿐. 누구라도 내게 말해주길 기다리고 있다. 아마 누구든 찾아오지 않을 수도 있겠지만.

"동수야, 뭐햄샤. 검질 안 메고!"

마당에서 내게 손짓하는 그. 목에 두른 연녹색 수건으로 땀을 닦아내며 천천히 다가왔다. 마루에 걸터앉은 내 옆으로 다가오더니, 담배를 꺼내물기 시작했다. 그가 입을 벙긋하면 바람을 타고 연기가 내 얼굴을 들이받았다. 그렇지만 기침 한번 못 내고 그저 숨을 꾹 참고 있어야만 했다.

"죽이지도 못하고이. 죽지도 안 허여."

반쯤 피다 남은 담배가 발 앞으로 슬며시 굴러왔다. 한숨과 함께 방으로 들어가는 그의 뒷모습을 흘겨보았다. 쾅, 문이 닫히는 소리와 함께 손은 슬쩍 담배꽁초로 향하였다. 한 모금 깊게 들이마셨다가 기침과 함께 허연 연기를 내뿜었다.

내 이름은 동수, 성은 없다. 조금 전, 그는 나와 같이 사는 사람이지만 가족은 아니다. 갓난아기였을 때부터 거두어서 열여덟인 지금까지 먹여주고 재워준 것만큼은 사실이다. 그 역시도 딱히 다른 가족이 없었겠지만, 이웃들에게 한두 마리 정도 있던 소도 없었다. 대신 그 자리를 내가 도맡은 것이다. 눈을 뜨면 그의 밭에 가서 허리도 못 펴고 지는 해를 기다려야만 했다. 해가 지면 어둠이 깊어질 때까지 그가 내던진 허드렛일을 처리하곤 했다. 주변에선 그를 '고약한 최 노인', '손자를 소처럼 다루네'라고 했지만. 그건 모두 거짓이다. 고약한 것도 아니고 내가 그의 손자인 것도 아니다. 다만 그의 충실한 소 그 이상 그 이하도 아니었을 뿐.

"쉐도 어멍 아방은 알고 살암실 건디."

아주 가끔은 소보다도 더 업신여기는 눈길을 받곤 했다. 그럼에도 난, 괜찮았다. 조금만 더 버티면 분명 어머니든 아버지든 누구라도 나를 찾아올 것이라고 믿기에. 최 노인 그 역시도 수차례 언급했다. 제대로 된 부모라면 누구든 죽기 전이라도 찾아올 것이라고. 나의 부모에 대해서는 조금은 알고 있다. 오로지 최 노인이 막걸리를 마실 때만 감질나게 조금 흘려주는 게 전부였지만. 그 세월이 20년이 되니, 얼추 퍼즐이 맞춰지는 건 분명했다.

일단 우리 아버지는 중국 광둥성 어디에서 사는 키가 아주 크고 대나무처럼 비쩍 마른 체격의 소유자였다. 생김새는 눈썹이

짙고 입술이 작은 대신 귀가 부처님처럼 크다고 하던데, 얼추 내 얼굴과 비슷하게 생겼다. 2002년 9월 제주에 무사증 제도가 처음 시행될 때 들어와 관광 대신 밭이든 공장이든 곳곳을 누비며 돈을 벌어왔다. 그러다 최 노인의 감귤밭까지 찾아오게 되었는데, 거기서 하필 선과 작업을 하던 어머니를 만나게 된 것이다. 아버지 나이는 23살, 최 노인의 말에 따르면 내가 점점 닮아간다고 한다. 처음 아버지를 봤을 때 그 얼굴처럼 말이다. 어머니는 베트남 하노이와 그리 멀지 않은 시골 마을에 살았고, 역시 같은 이유와 방법으로 제주를 찾아온 것이다. 다만 어머니는 조금 더 최 노인과 빨리 인연이 되었다는 점. 그리고 불법체류를 감내하면서 험한 일을 하기에는 무척이나 고왔다. 조막만 한 얼굴에 뚜렷한 이목구비, 움직일 때마다 들썩이는 엉덩이, 주변 남자들의 시선을 끌 만한 외형적인 면은 많이 갖춘 셈이다. 그중 최 노인도 예외는 아니었다. 당시 50줄이 넘은 나이에 평생 여자라곤 만나본 적 없었고, 그저 조상이 물려준 땅으로 일구느라 정신이 없던 터라 딱히 일부러 만날 기회도 없다고 할까나? 그동안 알게 모르게 여러 여자가 최 노인의 곁을 스쳤겠지만 누구 하나 제대로 눈을 맞아본 적이 없었을 터. 가끔 동네 친한 벗들과 다방에 가서 보는 여인네들이 전부였다고 하니. 어찌 되었든 당시 아직은 아랫도리가 팔팔한 최 노인에게 어머니의 등장은 피가 더 욱더 끓기에 부족함이 없었다. 일 재주는 그리 뛰어나지 않았으나, 일부러 매일 불러서 남들보다는 몰래 조금 더 챙겨주기도 했고, 아예 숙소도 마련해주겠다고 나설 정도였으니. 거기다가 어머니도 크게 뿌리치지 않은 터라, 어떻게 여자와 뭘 해야 할지모르는 그였을지라도 어쨌든 희망 그 비슷한 무언가가 있을 것이다. 그의 주장에 따르면 처음은 아니지만 시간이 흐르면서 자신에게 은근히 꼬리를 내비쳤다고 하니. 그것은 직접 보지 않았으니 내가 뭐라 얘기할 그것은 아니다. 다만 최 노인이 그때 놓친 것이라면, 아버지의 등장이 그간 품었던 희망을 조각내버릴 것이라곤 조금도 예상을 못 했던 것. 그리고 어머니가 자신보다 작은 남자보단 대나무처럼 말라도 곧게 잘 큰 남자에게 더 이끌린다는 것도 전혀 파악하지 못한 것.

아버지와 어머니는 첫 만남부터 기운이 남달랐다. 국경도 다르고 말도 다르지만 어쨌든 타국에서 같은 처지에 있다는 것만으로도, 거기다가 같은 나이이기도 하니 작은 스파크만 일어나도 활활 타오를 것은 지나가던 새도 알 법한 분위기였다. 분명 함께 일했던 사람들도 이를 눈치챘을 터인데, 최 노인만 까마득히 모르고 있다. 두 사람이 짙게 내리깔린 어둠을 기다렸다 귤창고로 몰래 들어가는 걸 보기 전까진 말이다. 아마, 그는 그 앞에서 두 사람의 소리를 하나도 놓치지 않고 들었을 것이다. 물론 본인은 그럴 수도 있지, 젊음이 다 그런 게 아니겠나, 하지만 남의 밭 남의 창고에서는 좀 아니지 않나! 라는 한숨이 따라왔을 뿐.

그날 이후, 아버지는 최 노인의 밭에서 쫓겨났다. 일손을 들일 때 아예 어머니와 비슷한 또래는 연락할 때부터 걷어냈다. 어머니가 그곳을 그만 나오려고 하자, 출입국을 들먹거리며 놓아주질 않았다. 거기다가 일과 이후 집으로 들여 함께 술을 권했다. 정작 최 노인만 혼자 취했을 뿐이고, 그러다 어느 날 어머니와 하룻밤을 함께하기에 이르렀다. 분명 이불을 함께 덮었던 것까지는 선명했으나 그 이후는 술기운에 덮여 하나도 복원해내지 못한 자신의 기억을 원망했지만. 어쨌든 그날 하루는 어머니와 밤새 있었던 것만은 분명했다. 그날 아침부터 어머니는 최 노인의 밭에 나오지 않았다. 그 역시도 출입국이니 뭐니 꼬투리를 잡으려고 하지 않았다. 평생을 살아왔던 무료한 일상으로 돌아갔는데, 왠지 더 옆구리가 허전했을 뿐이었던가.

상실감조차도 멈추지 않고 흘러가는 시간을 붙들 순 없었다. 금방 해가 지나가고, 어쩌면 어머니와 그날의 기억이 희미해질 법한 일상에 묻혀있을 때였다. 늦은 밤, 아기 우는 소리가 밭을 뒤덮더니 최 노인의 귓가에도 바짝 다가와 있었다. 밖에서 문을 두드렸고, 나가 보니 아버지와 어머니가 나란히 서 있었다. 품에는 그저 울기만 하는 나를 안고 말이다. 최 노인은 두 사람을 멀뚱히 보다가 얼떨결에 나를 건네받았다.

"미, 미, 아안, 합-니다."

"도, 돌아온다!"

그는 한 글자씩 내뱉는 두 사람의 입만 쳐다보고 계속 서 있기만 했다. 시야에서 완전히 사라질 때까지도 조금도 미동도 하지 않은 채. 차라리 그때 쫓아가서 도로 돌려주었더라면, 이라는 후회는 아주 나중에서야 했을 뿐. 처음 겪는 상황, 오랜만에 본 어머니의 얼굴에 그의 머리 회로는 잠시나마 완전히 멈추고 말았다.

그는 믿었다. 돌아올 것이라는 어머니의 마지막 한마디를. 그 때문에 지금까지 이곳에서 나를 머물게 했을지도 모를 일이었다. 하지만 그가 내게 해준 것이라고는 딱 먹이고 재우고 어디서 주워다 온 옷가지를 입힌 정도였다.

처음엔 나도 믿고 싶었다. 일단 나이는 한참 많지만 그래도 아버지였으면 좋겠다고. 잠깐의 세월은 믿었을지도 모를 일이다. 하지만 그는 혼자만의 바람조차도 막걸리를 마실 때마다 완전히 무너뜨리고 있었다. 내게 분명 아버지와 어머니는 존재하고, 언젠가는 올 것이며, 여기는 큰 신세를 지며 지내는 것이라고.

"올 거민 진작에 와실 거라."

방 안에서 그가 그릇에 막걸리를 채우는 소리가 들려왔다. 혼잣말처럼 내뱉었지만 언제나 내가 옆에 있을 때 더 그러곤 했다. 처음엔 몰라서 누굴 기다리냐고 무심결에 물었다가 돌아오는 건 멈추지 않은 발길질이 전부였다. 그저 조용히 들은 척 못 들은 척 가만히 있을 뿐.

이대로는 계속 살아갈 순 없다. '동수'란 이름은 그가 부르기 쉽게 지어준 것이고, 이름도 찾아야 하고 부모도 찾아야만 했다. 하지만 아는 것은 아무것도 없었다. 부모님 이름이라도 알면 좋겠지만, 최 노인조차도 몰랐다. 항상 누가 오면 "야!" "어이!" 이게 전부였으니, 설령 안다 해도 내게 알려줄 리는 만무했다. 아무리 머리를 굴려도 방법을 알 수 없었다. 일단 이 동네 자체를 떠나본 적이 없지 않은가. 아무리 아파도 그가 어디서 구해온 약만 먹고 버텨왔고, 지나가는 차들도 타 본 적조차 없고, 그동안 어떻게 살아왔는지 스스로 의문만 들 뿐이었다.

인생이라곤 고작 스무 해도 못 넘겼지만, 기회는 한 번쯤은 오리라고 믿었다. 아니, 정확히는 그녀를 처음 보자마자 깨달았다고 할 수 있겠다. 이웃집 고 씨 어르신네 밭에 일손을 거들러 가게 되었는데, 거기에 낯선 여자들이 먼저 자리를 잡고 있었다. 밭일의자에 앉아서 수확하는 건 그들의 몫이고 그걸 모아둔 상자를 옮기는 게 내 몫인 셈이다. 그중 한 여자와 눈이 마주쳤는데, 가슴이 저릿했다, 칼로 쿡 찌르는 듯. 이상하게 숨도 제대로 쉬어지지 않았다. 계속 눈길이 갔다. 얼핏 나와 비슷한 또래이고, 피부색도 살짝 그을린 것이 나와 좀 닮은 구석이 있었다. 무엇보다 큰 눈동자 사이로 비치는 내 모습이 한결 낯설게만 느껴졌다.

"베트남에서 왔어요."

잠시 쉴 때 그녀가 다가왔다. 어눌하지만 나름대로 또박또박 정확한 발음에 가까웠다. 목소리를 또 들으니, 땀이 송골송골 맺히는 입술이 더욱더 도드라져 보였다. 나도 모르게 목이 탔고, 입이 메마르기도 했다. 연신 머리를 긁적거리며 그저 웃기만 했다. 그리고는 알 수 없는 말로 말을 걸었는데, 아무래도 베트남 말인듯했다.

"아, 나 베트남 아니에요."

손사래를 쳤다. 그러자 그녀는 얼굴이 붉어지더니 주전자로 물을 벌컥벌컥 들이켰다. 그 모습을 옆에서 가만히 보아하니, 물방울이 흘러가는 목선에 눈길이 갔다. 아마 저 뒤에서 욕지거리를 하며 달려오는 최 노인이 아니었다면 그녀의 얼굴에 쓰러졌을지도 모를 일이었다.

"무사 그디서 간세피웜샤!"

자신의 밭도 아니건만, 어찌 친히 쫓아 나와서 저러는지. 급히 앉았던 자리에서 일어났고, 손으로 엉덩이를 털려던 그때! 함께 엉거주춤하던 그녀의 손과 스치고 말았다. 그 순간, 온몸이 전기가 올라온 듯 저릿저릿했다. 다리에 힘이 풀리기도 했고.

그날, 그녀를 훔쳐보느라 시간 가는 줄 몰랐다. 해가 지는 순간, 어깨가 축 늘어졌다. 어쩌면 다시 못 볼지도 모를 일 아닌가. 함께 온 사람들과 차에 타려는 그녀를 향해 달려갔다.

"저, 어, 그게, 혹시, 또 오시나요?"

나도 모르게 그녀의 팔을 꽉 붙들고 있었다. 돌아오는 건, 챙모자 아래로 드러내는 하얀 앞니였다. 살포시 끄덕이는 고개도 확인하고 봉고차 문을 직접 닫아주었다. 눈에서 점점 멀어지는 차를 한참 바라보며 집으로 돌아왔다.

비가 내렸다. 최 노인은 이른 아침부터 볼일을 본다고 나간 상태였다. 손에 잡으면 집안일도 할 게 넘쳐났지만, 거의 한 달 가까이 어떤 일도 제대로 할 수가 없었다. 최 노인의 발길질과 매타작도 무뎌질만큼 온통 머릿속은 그녀 얼굴만이 빙빙 감돌았다. 어쩌면 다시 볼 수 있을까? 그런데 또다시 보면 어떻게 할 수 있을지, 거기까지는 대책이 없었다. 창문을 열었다. 마당의 흙바닥을 두드리는 장대비만 멍하니 바라보았다. 그런데 저 멀리, 낯선 그림자가 조금씩 이쪽으로 가까워지고 있었다. 거의 반쯤 뒤집힌 검은 우산을 붙든 여자와 그 옆을 맨몸으로 버티는 남자가 함께였다. 그들의 발걸음은 분명 바빴고, 주변을 살피느라 고갯짓도 분주했다. 마당까지 들어왔을 때, 분명히 보았다. 반쯤 뒤집힌 우산을 들고 있던 여자가 바로 그녀였다는 것을. 그 옆에는 비슷한 피부와 눈매를 가진 남자였는데 키가 나보다 머리 하나쯤은 더 커 보였다.

"도와주세요."

일단 그녀의 목소리에 이끌리듯 밖으로 나갔다. 두 사람은 우산은 내려놓고 바짝 붙어 서 있었다. 순간 나도 모르게 이를 꽉 깨물고 말았다. 그래도 일단 미소를 머금은 척, 마주보았다. 남자가 그녀의 어깨에 손을 얹었다. 나를 내려다보며 웃는 게 아니던가. 도대체 여기서 뭘 도와달라는 건지. 그 모습이 남아, 말을 이어가는 그녀의 목소리가 하나도 들리지 않았다. 계속 두 사람을 번갈아 쳐다보기만 할 뿐. 마치 돌담 앞에 떨어진 큰 돌 하나처럼 말이다.

"야이네 누게라!"

최 노인이 돌아오면서 소리치지 않았다면, 계속 멈췄을지도 모르겠다. 그는 마당에 선 둘을 보자마자 얼굴이 붉게 달아올랐다. 마당 한켠에 있는 빗자루를 집어 들더니 떠돌이 개를 내쫓듯 그들에게 흔들어댔다. 마당 밖으로 도망가듯 나가는 그들의 모습을 지켜보다, 얼른 따라 나가 최 노인의 빗자루를 붙잡았다.

"손 놓으라이!"

빗자루를 잡은 손에 그와 내가 힘이 들어갔다. 아무리 그가 눈을 부라려도 힘에서는 내가 뒤지지 않았다. 빗자루를 끌어안고 바닥에 드러눕듯 넘어진 모습에 잠시 멈칫했으나. 그사이 그녀와 남자는 서둘러 달아나듯 사라지고 있었다. 뒤도 돌아보지 않고 그들을 따라나섰다.

"어디서 왔습니까?"

맞은편에 앉은 조사관이 컴퓨터 자판을 두드렸다. 그의 어깨 너머에는 그녀가 또 다른 조사관 앞에 앉아 있었다. 내가 살던 곳에 찾아왔던 건, 이 때문이었다. 잡히면 언제든 자신들의 나라로 돌아가야 하니까. 정작 나를 찾아왔던 남자는 이 공간에 없다. 최 노인을 뒤로한 직후 그들을 따라가자마자 출입국관리청에서 보낸 사람들이 쫓아오고 있었다. 그녀는 곧바로 붙들렸고 함께 있던 이는 있는 힘껏 주변 사람들을 뿌리치고 도망쳤다. 난 끌려가던 그녀를 막아서다가 함께 오게 된 것이고.

"이름이 뭡니까?"

"동수입니다."

"한국 사람이에요? 얼굴은 아닌데."

선뜻 대답할 수 없었다. 분명 난 이곳에서 태어난 건 맞다. 하지만 최 노인의 말에 따르면 한 번도 난 한국 사람인 적이 없었다. 그저 동수였고, 물 건너온 '것'에 불과했다. 조사관의 얼굴이 더 굳어졌다.

"이러면 곤란합니다. 빨리빨리 하고, 마무리합시다. 한국 사람 아니죠?"

일단 고개를 끄덕이긴 했다. 그러나 어디에서 왔냐는 질문에 다시 말문이 막히고 말았다. 조사관, 그의 어깨 너머로 그녀가 고개를 숙인 채 흐느끼는 모습이 눈에 들어왔다. 하지만 자리에서 일어날 수 없었다. 누군가 묶어둔 건 아니지만, 맞은편에 앉은 그가 눈빛으로 어깨를 짓누르는 건 분명했다.

"어디서 왔냐고요. 한국말 못 알아들어요?"

"잘 압니다. 한국말밖에 못 해요."

"말은 잘하시네. 근데 어디서 왔냐고요. 베트남인가, 중국이에요?"

"저는 제주시 애월읍에서 왔는데요."

"그럼 한국 사람이에요?"

"아니, 한국 사람이라 하기는 좀 그렇고."

"한국 사람이면 주민등록번호 불러보세요."

주민등록번호, 평생 살면서 최 노인을 제외하고 남들에게 처음 들은 말이었다. 한국에 산다면 누구나 당연하게 가지고 있는 것이겠지만, 나는 예외였다. 서류상으로 나는 세상에 없는 사람이었다. 최 노인이 굳이 내 출생을 증명해오지 않았고, 마을 사람들도 딱히 내게 관심이 없었다. 간혹 최 노인의 숨겨진 자식 내지 손주라고 오해하는 이가 있었으나 그 부분만큼은 철저하게 관리해왔다. 내가 아니라, 그가. 처음에는 궁금해하던 마을 사람들도 차츰차츰 관심에서 거리를 두더니 완전히 잊어버렸다. 애초에 누군가 나의 삶을 서류로 증명하지 않았으니, 무슨 번호가 있을 리 만무했다.

"저는 제주에서 태어난 동수입니다. 아버지는 중국인이고, 어머니는 베트남인이고."

"그럼 부모님 모두 제주에 있습니까?"

"잘 모르겠어요."

"그럼 외국인이면 외국인등록번호 불러보세요."

"네? 그게 뭔데요."

한 번도 생각해보지 못한 부분이었다. 최 노인 덕분에 주민등록번호 그런 건 없을 줄 알긴 했으나, 외국인등록번호라니. 분명 난 이곳에서 태어나고 자랐는데 그런 게 있을 수 있을까? 왠지 있어도 이상하지 않을 것만 같았다. 탁자 한구석에 허리를 숙인 채 자리잡은 거울로 비친 내 얼굴을 보면 말이다.

"그런 건 없고."

"그럼 뭐가 있습니까?"

"같이 살았던 사람이 있긴 한데."

"같이 있던 사람이요?"

조사관의 손가락이 멈췄다. 팔짱을 끼며 몸은 뒤로 젖혔다. 살짝 눈을 내리깔고 나를 위아래로 찬찬히 훑어보았다. 그리고는 갑자기 책상에 올려진 하얀색 전화기를 자신의 앞으로 댕겼다. 왼손은 수화기, 오른손은 자신의 입을 가린 채, 내 쪽으로 슬쩍슬쩍 눈치를 살피고 있었다.

"그러니까, 같이 살기는 살지만 가족은 아니고."

"그럼 뭡니까!"

두어 시간이 흐른 뒤, 익숙한 목소리가 바깥에서 흘러들어왔다. 최 노인이다. 허옇게 센 머리카락은 잔뜩 헝클어졌고, 목이 가슴팍까지 축 늘어진 티셔츠 차림이었다. 내 쪽으로 다가오는 동안 쉰내가 섞인 막걸리 냄새를 잔뜩 풍기고 있었다. 주변 사람들은 하던 일을 멈추고 모두 그에게 시선을 돌릴 정도였다. 담당 조사관도 미간을 잔뜩 찌푸린 채, 나와 그를 번갈아 쳐다보았다.

"보호자세요?"

조사관은 자신에게 가까이 다가온 그를 올려다보았다. 그러나 정작 그는 오직 나만 내려다보고 있었고, 난 시선을 바닥으로 급히 돌렸다.

"모르쿠다. 처음 본 사름 닮은디."

"아니, 이 사람이 선생님 연락처를 줬잖습니까?"

"관에서 연락하난 왐주만은. 나가 어떵 모르는 걸 안덴 허쿠과?"

취기가 살짝 섞인 목소리였지만 그는 단호했다. 분명 방금 나를 매섭게 노려보았건만, 조금도 흔들림 없이 완전히 모르는 사람 취급했다. 자리에서 벌떡 일어났다.

"왜 나를 몰라요!"

목청을 한껏 올렸지만 말의 끄트머리는 코 먹은 것처럼 흐리멍덩하게 흐트러졌다.

"난 저런 아이 데령 산 적 어신디!"

오히려 목소리를 높이는 건 최 노인이었다. 가만히 앉아서 올려다보던 조사관의 얼굴빛이 검게 물들었다. 주변의 다른 직원들도 마찬가지였고. 여태 조사받고 있던 그녀도 퉁퉁 부은 눈으로 내 쪽을 올려다보고 있었다.

"그러니까, 여기 동수라는 분과 선생님은 전혀 상관 없는 사람입니까?"

"몇 번을 고라줘사 알아 들으쿠과, 자이는 모르는 사람이라난!"

"평생을 살았는데 왜 몰라요! 난 사람도 아니냐! 노인네가 정말!"

"나 참, 노인네라니! 나이 먹고 별 소릴 들엄쩌."

"자자, 두 분 일단 진정하시고."

조사관은 양팔로 내 어깨를 짓눌러 자리에 앉혔다. 소리를 고래고래 내지르는 최 노인은 다른 직원이 달려와서 다른 곳으로 데려갔다. 갑자기 숨이 가빠왔다. 식은땀이 이마에서 솟구쳤다. 입술이 메말랐으나 눈앞이 흐릿해지기 시작했다.

"어떻게 된 겁니까?"

조사관이 자신이 마셨던 생수를 건넸다. 혀끝만 조금 적시고 목을 가다듬었다. 내 기억의 끝이 닿는 순간부터 지금까지 과정을 차분하게 털어놓았다. 처음과 달리 조사관은 두 손을 배 위에 놓고 애써 미소까지 머금은 채 바라보았다. 출입문 위에 설치된 시계가 빠르게 움직였다. 주변 사람들은 하나둘 자리를 비웠고, 그녀도 눈앞에서 사라진 지 제법 시간이 지났다.

"저는 어디로 가야 합니까?"

"동수, 성은 따로 없었으니. 동수 씨로 부를게요. 저한테 해준 말씀을 종합해 보자면, 조금은 난감한 상황이긴 합니다."

"난감하다니요?"

"동수씨 같은 경우라면 국적이 없어요."

"국적이 없다니요."

"제가 봤을 땐, 동수씨 부모님은 불법체류자로 보이고, 설령 제주에서 태어났다 쳐도 우리나라는 태어났다고 국적을 주진 않거든요. 아주 특수한 경우가 아니라면."

"저는 특수하지 않나요?"

"법에서 정한 특수한 경우인데, 글쎄요. 특이하다고 할까. 지금은 무국적자네요."

"무국적자요? 저는 뭐죠."

"글쎄요. 일단 여기 잠깐 계셔보세요. 저희도 내부적으로 상의를 해야 해서. 어디 좀 갔다 다시 오든 어디로 모시든 하겠습니다. 그럼."

조사관이 자리를 떴다. 바깥으로 향해 비틀어진 회전의자를 바라보았다. 빈자리였지만 조금 전까지 앉았던 당사자는 일단 어디든 갈 곳이 있었다. 하지만 무엇인가, 의자에서 일어나도 어디로 가야 할지 알 수 없었다. 딱히 가고 싶은 곳도 떠오르지 않았다. 다만 이곳을 벗어나긴 해야 할 거 같았다. 그래도 다시 최 노인에게 돌아가야 하는 걸까? 많은 의문이 머릿속을 스쳤지만 명확한 답은 떠오르지 않았다. 귓가에 맴도는 건, 초침의 정직한 움직임이었다.

"이쪽으로 따라오시죠."

처음 본 다른 직원이 내게 손짓하였다. 일단 당장은 갈 곳이 있구나, 싶었으나. 그곳은 '대기실'이었다. 조금 전 나처럼 조사관 앞에 있던 사람들로 가득했다. 그중에 먼저 눈길을 이끄는 건, 그녀였다. 모은 무릎 위로 턱을 괴고 앉아 있었는데, 일단 나도 그 옆에 자리 잡고 앉았다. 분명 나와 잠깐 눈이 마주쳤지만 별다른 말이 없었다. 조명도 어두운 회색빛 벽을 바라보기만 했을 뿐. 먼저 이곳에 왔던 사람들이 하나둘씩 사라지고 있었다. 그러는 사이, 분명히 최 노인의 목소리를 어렴풋하게 듣긴 했다. 단지 그것뿐 더이상은 그의 기운이 느껴지지 않았다. 항상 떨었던 다리도 왠지 차분해지는 것 같기도 하고. 빠르게 뛰었던 심장도 제 속도를 찾아가는 듯했다. 조심스럽게 고개를 돌려보았다. 이미 그녀는 나를 한참 보고 있었다. 그걸 왜 여태 몰랐을까?

"어디로 가세요?"

아마 이곳을 나가게 된다면, 곧장 공항으로 갈 것이고. 거기서 어디든 이 땅을 떠나야만 하는 것. 하지만 내겐 갈 곳이 어디 있을까? 그녀는 태어나고 부모도 있을 그곳으로 돌아갈 것이지만. 나는 무엇일까? 부모는 오로지 최 노인의 말에 의존해서 실체만 전해 들었을 뿐이고, 태어난 곳은 이곳인데 어디로 가야 하는 걸까? 어떤 서류에서도 존재하지 않는 나, 하지만 이곳에서 살아 숨 쉬는 나, 차라리 그녀가 내 손을 잡아주길 바랐다.

"어디로 갈까요?"

어디든 좋으니, 내 손을 잡고 데려가 달라고. 과연 그럴 수 있을까, 이 땅만 아니라면 어디든 내보내줄 수 있는 걸까? 그곳에서는 다른 곳으로 내보내려고 하진 않을까? 알 수 없는 질문들이 머릿속을 맴돌았다. 나, 어디로 갈까요?

세상의 속내가
적요함을 보았다면

초판 1쇄 발행 2024. 12. 13.

지은이 시산작가회
펴낸이 김병호
펴낸곳 주식회사 바른북스

편집진행 박하연
디자인 김민지

등록 2019년 4월 3일 제2019-000040호
주소 서울시 성동구 연무장5길 9-16, 301호 (성수동2가, 블루스톤타워)
대표전화 070-7857-9719 | **경영지원** 02-3409-9719 | **팩스** 070-7610-9820

•바른북스는 여러분의 다양한 아이디어와 원고 투고를 설레는 마음으로 기다리고 있습니다.

이메일 barunbooks21@naver.com | **원고투고** barunbooks21@naver.com
홈페이지 www.barunbooks.com | **공식 블로그** blog.naver.com/barunbooks7
공식 포스트 post.naver.com/barunbooks7 | **페이스북** facebook.com/barunbooks7

ISBN 979-11-7263-866-5 03810